Este libro
es tu pasaporte
para viajar por
el tiempo.

¿Podrás sobrevivir
en la conquista del
Nuevo Mundo?
Pasa la página
para averiguarlo.

Títulos Publicados:

LA MAQUINA DEL TIEMPO 15

En busca de las ciudades de oro

Richard Glatzer

Ilustraciones: **José González Navaroo**

J. T. Colby & Company, Inc.

Fournisseurs d'instruments et
d'accessoires de voyage
dans le temps™

Habent sua fata libelli

Agradecimientos especiales a Ann Hodgman, Judy Gitenstein,
Anne Greenberg, Jim Walsh, Robin Stevenson, Bruce Stevenson
y Marc Kornblatt.

Mecánica: Mary LeCleir.
Composición tipográfica: David E. Seham Associates, Inc.
Pintura de portada: William Stout.
Diseño de portada: Alex Jay.
Diseño del libro: Alex Jay.

Editora: Ruth Ashby

J. T. Colby & Company, Inc.
Manhanset House
Dering Harbor, New York 11965-0342
bricktower@aol.com
bricktowerpress.com

ISBN: 978-1-59687-043-7
2025

¡ATENCIÓN, VIAJERO A TRAVÉS DEL TIEMPO!

¡Eres una persona de suerte! Sí, en este momento tienes en tus manos una... ¡máquina del tiempo! En efecto, este libro es tu máquina del tiempo. No lo leas todo seguido, del principio al fin. Dentro de un momento recibirás instrucciones para cumplir una misión, una empresa especial que te llevará a otro período de tiempo. A medida que te enfrentes a los peligros de la historia, la máquina del tiempo te irá presentando opciones de adónde ir o de qué hacer.

El presente volumen contiene también un banco de datos para informarte sobre la época en la que vas a vivir. Puedes utilizarlo para desplazarte con mayor seguridad a través del tiempo. O bien tomar tus decisiones sin consultarlo. Tú eres el único responsable.

IMPORTANTE

Al final de este libro hay una lista de datos. Contiene sugerencias para ayudarte si no estás seguro de qué camino has de emprender. Este símbolo aparece al lado de todas las elecciones para las cuales existe una sugerencia en la lista de datos.

Con objeto de terminar tu misión lo más deprisa posible, y con éxito, puedes emplear a la vez el banco de datos y la lista de datos.

Hay una conclusión correcta para esta misión. Debes llegar a ella o... ¡arriesgarte a quedar perdido en el tiempo!... y recuerda que tienes a tu disposición el banco de datos y la lista de datos.

LAS CUATRO REGLAS PARA VIAJAR A TRAVÉS DEL TIEMPO

Cuando empieces tu misión, debes observar las reglas siguientes. Los viajeros por el tiempo que no las cumplen, se arriesgan a quedar perdidos en él para siempre...

1. No mates a ninguna persona ni animal.

2. No intentes cambiar la historia. No dejes nada del futuro en el pasado.

3. No lleves a nadie contigo cuando franquees la barrera del tiempo. Evita desaparecer de un modo que asuste a la gente o la haga sospechar.

4. Sigue las instrucciones que te dé la máquina del tiempo y elige entre las opciones que te ofrezca.

TU MISIÓN

Tu misión consiste en seguir a los exploradores del Nuevo Mundo en busca de las legendarias Siete Ciudades de Oro, encontrar la capital de las Siete Ciudades y traer la prueba de tu visita.

En 1447, un viajero portugués llamado Antonio Leone desapareció en el mar durante una tormenta. Regresó a Lisboa muchos meses más tarde, afirmando que había visitado siete bellas ciudades de oro. El entusiasmo por el descubrimiento de Leone se extendió muy pronto por toda Europa.

Después de haber descubierto Colón el Nuevo Mundo en 1492, muchos exploradores partieron en busca de las Siete Ciudades, pero sólo unos pocos sobrevivieron para contar sus historias.

Tu búsqueda empieza frente a la costa de Florida, en una expedición al mando del español Pánfilo de Narváez.

¿Llegó a encontrar las Siete Ciudades de Oro? Para resolver el misterio de esta asombrosa leyenda, ¡debes convertirte en explorador y no reparar en riesgos!

 **Para activar la máquina del tiempo, pasa la página.**

VIAJE A TRAVÉS DEL
TIEMPO ACTIVADO.
Listo para el equipo.

EQUIPO

Vestirás las prendas de un conquistador español:
un jubón, unas calzas, un par de botas resistentes
y una cota ligera de malla. Además, puedes llevarte
una de las cosas siguientes:

Una ganzúa
Una brújula
Una máscara kachina zuñi

 **Para empezar tu misión,
pasa a la página 1.**

 **Para saber más cosas acerca
de la época a la que viajarás,
pasa a la página siguiente.**

BANCO DE DATOS

Cronología

1447. El viajero portugués Antonio Leone, después de su naufragio, regresa a su país y cuenta una historia sobre Siete Ciudades de Oro.

1492. Colón descubre San Salvador y el Nuevo Mundo.

1513. Ponce de León explora Florida, buscando la Fuente de Juventud.

1519. Alonso de Pineda explora el Golfo de México.

1519. Hernán Cortés descubre Tenochtitlán, la gran ciudad de los aztecas.

1521. Cortés y sus soldados ponen sitio a Tenochtitlán.

1528. Pánfilo de Narváez se dispone a explorar Florida.

1539. Fray Marcos de Niza explora el territorio al norte de México.

1540. Francisco Vázquez de Coronado sale de Tenochtitlán hacia el sudoeste de América del Norte.

1542. Coronado regresa de su expedición.

1. En 1447, el viajero portugués Antonio Leone naufragó en algún lugar del Atlántico. Cuando regresó a Portugal, refirió que había visto siete ciudades construidas en oro, y mostró pepitas de oro para probar su aserto.

2. Al poco tiempo, la sorprendente historia había circulado por toda Europa. Ya buscasen una ruta hacia la India, ya pretendiesen encontrar la Fuente de Juventud, casi todos los exploradores del Nuevo Mundo conocían la historia de Leone y esperaban encontrar las Siete Ciudades de Oro.

3. Después de que Colón descubriese la isla de San Salvador en 1492, España inició la exploración de América Central y del continente norteamericano. Se fundaron ciudades españolas en Cuba y otros lugares del Caribe. Estas ciudades fueron los puntos de partida para explorar México, Florida y el Golfo de México.

4. En 1519, el explorador español Alonso de Pineda partió para explorar el Golfo de México, con la esperanza de encontrar un paso hacia el Pacífico. En vez de esto, descubrió el río Mississippi y le asombró tanto su enorme caudal y la belleza del paisaje que lo llamó Espíritu Santo.

5. Aproximadamente al mismo tiempo, el explorador español Hernán Cortés condujo un ejército a México, donde descubrió la gran ciudad azteca de Tenochtitlán. Varios años más tarde, puso sitio a la ciudad y la tomó. Tenochtitlán se convirtió en centro de la colonia española en el Nuevo Mundo. Hoy se denomina Ciudad de México.

6. El rey Fernando y la reina Isabel reinaron en España desde 1474 hasta principios del siglo XVI. La reina Isabel murió en 1504, pero el rey Fernando

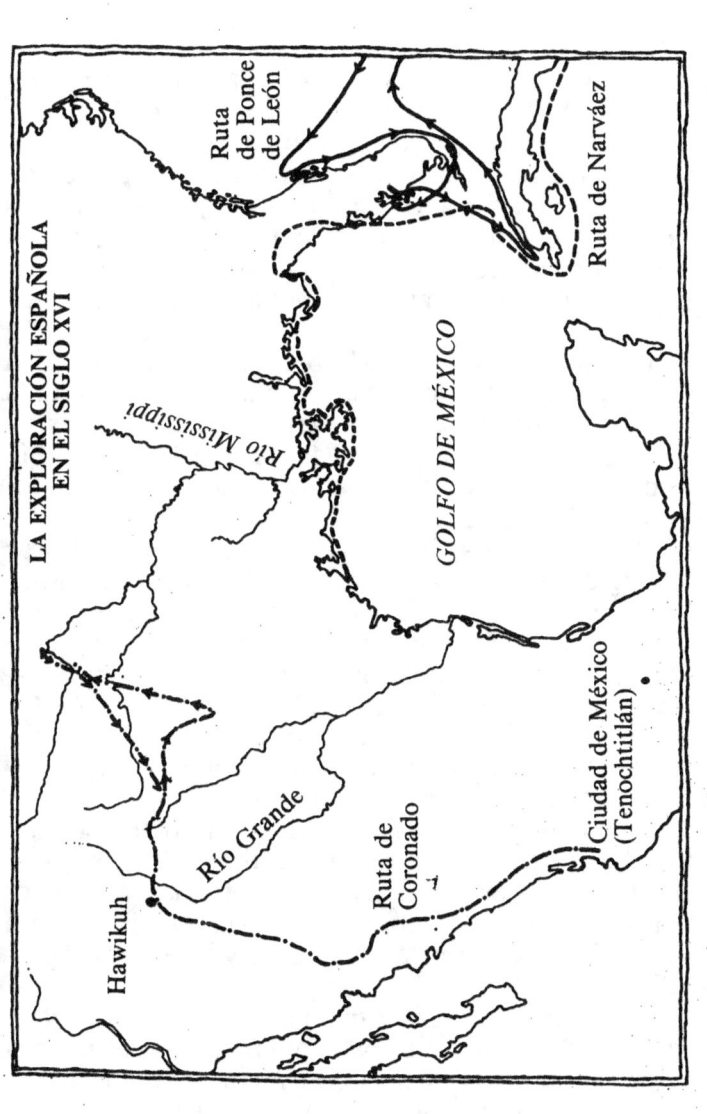

LA EXPLORACIÓN ESPAÑOLA
EN EL SIGLO XVI

Ruta
de Ponce
de León

Ruta de Narváez

Río Mississippi

GOLFO DE MÉXICO

Río Grande

Ruta de
Coronado

Hawikuh

Ciudad de México
(Tenochtitlán)

continuó reinando hasta 1515. Carlos I fue rey de España desde 1516 hasta 1556.

7. Los españoles y los portugueses lucharon durante muchos siglos contra los árabes en tierras de Europa y de África. En la época en que los exploradores visitaron el Nuevo Mundo, los europeos solían hacer incursiones en ciudades africanas, tomando prisioneros árabes y vendiéndolos como esclavos.

8. A pesar del clima cálido del Nuevo Mundo, los exploradores españoles llevaban pesadas armaduras en sus expediciones. Como armas, empleaban espadas, cañones y escopetas. Éstas eran pesadas y había que apoyarlas en soportes para poder dispararlas. Se llamaban arcabuces.

9. Mientras España enviaba hombres a explorar las regiones al norte y al sur de México, los exploradores franceses e ingleses visitaron la costa nordeste de lo que es ahora Estados Unidos y Canadá. Jacques Cartier reclamó el río San Lorenzo para Francia, y Samuel de Champlain fundó Quebec. Martin Frobisher y Henry Hudson pidieron para Inglaterra las zonas ahora conocidas como Bahía de Hudson y Estrecho de Hudson.

10. Durante sus viajes, los exploradores del Nuevo Mundo encontraron muchas tribus diferentes de indios. Algunos de éstos eran nómadas cazadores y raras veces se establecían de manera fija en un lugar. Otros construían ciudades y pueblos y cultivaban la tierra.

11. En la parte septentrional de América del Norte, los indios algonquinos eran encarnizados enemigos de las muchas y diferentes tribus iroquesas.

12. Los indios karankawas, que eran nómadas, vivían junto al Golfo de México en lo que ahora es

Texas.

13. A principios del siglo XVI, los indios navajos emigraron desde el noroeste hacia el sudoeste americano y se establecieron allí.

14. Los indios hopi y los zuñi vivieron en el sudoeste durante muchos siglos. Con barro cocido, levantaron poblaciones llamadas pueblos, cuyos edificios solían tener varios pisos y parecían modernos edificios de apartamentos.

15. Los zuñi eran un pueblo muy religioso que adoraban a los espíritus invisibles de la tierra. Les llamaban kachinas y creían que cada elemento de la vida era guiado por uno de estos espíritus.

16. Los miembros de la tribu zuñi llevaban máscaras kachina durante las ceremonias religiosas. Para instruir a los niños sobre los grandes espíritus, se les daba muñecos kachina.

> # BANCO DE DATOS AGOTADO.
> ## PASA LA PÁGINA PARA EMPEZAR TU MISIÓN

 **Cuando veas este símbolo, no olvides que, para orientarte, puedes consultar la lista de datos que hay al final del libro.**

ZAS! Una ola enorme se lanza contra ti y te golpea la cara.

Es el día de Viernes Santo de 1528. Estás sobre la cubierta de un gran barco velero en el Golfo de México. Enjugando el agua salada de tus ojos, ves unos marineros españoles que corren de un lado a otro sobre la maltrecha cubierta. Son musculosos y de piel curtida, algunos de ellos no mucho mayores que tú. Al volverte hacia el mar, ves tierra cerca del lugar donde te hallas.

—¡Un pueblo! —grita alguien desde la cima de un alto mástil.

Varios marineros corren hacia la borda para mirar. Adviertes que otros dos barcos navegan junto al vuestro. Más allá se extiende la costa, en la que se ve una cala y varias chozas cubiertas de paja.

—Llama al gobernador Narváez —grita un hombre con uniforme de oficial—. ¿Estás sordo?

¡Está hablando contigo! Echas a andar por la cubierta.

—¡Por ahí no! —chilla el oficial—. ¡En su camarote!

Te vuelves rápidamente y corres en dirección opuesta, aunque no tienes la menor idea de adónde vas.

Ves un muchacho negro que está puliendo los accesorios de metal.

–Perdón –le dices–. ¿Dónde está el camarote del gobernador?

–Abajo –responde el muchacho, en un tono musical, y señala una empinada escalera detrás de ti–. No te había visto a bordo. ¿Eres nuevo?

–Estaba en uno de los otros barcos –dices, pensando rápidamente.

–¡Esclavo! –grita alguien al muchacho–. ¡Sigue con tu trabajo!

Das las gracias al chico y bajas la escalera.

En una maloliente habitación debajo de la cubierta, encuentras a un hombre de cara colorada y un parche sobre un ojo. Está estudiando un mapa. Levanta la cabeza y hace una mueca despectiva.

–¿No sabes que tienes que anunciarte para hablar con el gobernador?

¡Así que ese hombre repulsivo es el gobernador!

–Señor, un oficial os pide que subáis a cubierta –dices.

–¿Qué oficial?

–No sé cómo se llama.

–¡Imbécil!

Te aparta bruscamente a un lado y sube los empinados peldaños de dos en dos. Le sigues hasta la cubierta.

Todos están mirando por encima de la barandilla. Te acercas para oír lo que dicen, pero te mantienes a distancia del gobernador. Ahora, la rada y las chozas están más cerca.

–¿Qué es, capitán? –pregunta el gobernador, acercándose a la borda.

–Una aldea india, señor –dice el oficial.

–¿Y qué tiene de particular una aldea india?

–Todos los indígenas parecen haberse marchado. Si desembarcamos ahora, podremos investigar sin contratiempos.

–¡Hum! –dice Narváez, acariciando su incipiente barba–. Muy bien. ¡Vamos allá!

El capitán asiente con la cabeza.

–¡Preparados para desembarcar! –grita–. ¡Marinero! –dice, señalándote de nuevo–. Tú y Esteban preparad los botes.

Al volverte ves al joven esclavo de pie cerca de ti.

–Soy Esteban –te dice.

Le dices tu nombre y le sigues hasta una hilera de pequeños botes colgados a lo largo del barco. Mientras os acercáis a ellos, le preguntas cómo ha llegado a ser esclavo.

Esteban suspira tristemente.

–Los portugueses conquistaron mi pueblo en el norte de África y me vendieron a los españoles. Mi amo, Andrés Dorantes, me trajo por mar al Nuevo Mundo. Pero un día ganaré dinero suficiente para comprar mi libertad.

Mientras habla, Esteban engancha gruesas cadenas a la proa y la popa de los botes, para que los puedan bajar al agua.

–¿Dónde estamos, exactamente? –le preguntas, mientras le ayudas a enganchar las cadenas a los botes.

–¿Quién puede saberlo? –responde Esteban–. Los españoles llaman Florida a este lugar, pero nadie sabe qué clase de tierra es. Estamos aquí para averiguarlo.

–¿Qué busca el gobernador?

–Por ser un marinero de esta expedición –dice Esteban–, pareces saber muy poco –sonríe–. Narváez busca tierras para España. Y desde luego, lo que más ansía encontrar es Oro, las Siete Ciudades de Oro, es lo que busca todo el mundo.

Esteban sigue trabajando y se vuelve de pronto hacia ti, diciendo:

—Si quieres que te dé un consejo, no te acerques a Narváez. Está loco por el oro, más loco que nadie. El gobernador te mataría si te interpusieses entre él y un lingote de oro.

—¿Hablando de nuevo, esclavo, en vez de trabajar? —es el gobernador Narváez en persona, y está rojo de ira. Desenvaina una daga manchada de sangre—. ¿Qué te dije que te pasaría si tu lengua entorpeciese tu trabajo?

Esteban tiembla, aterrorizado.

—Que me la cortaríais, señor —farfulla.

—¿Qué? —dice Narváez, empujando a Esteban sobre la cubierta.

—Que me la cortaríais.

Narváez agarra a Esteban por el cuello con una mano y con la otra, acerca el cuchillo a los labios del chico. Esteban está demasiado asustado para hablar. ¡Tú no puedes permitir que esto suceda!

—¡Ha sido por mi culpa! —dices rápidamente—. ¡*Yo* le he hecho hablar!

Narváez suelta a Esteban y se acerca a ti. Tiemblas. Él frunce los párpados y escupe a tus pies.

—¡Gobernador Narváez, señor! —Ha aparecido otro oficial, que no advierte la ira del gobernador—. Tengo que hablar con vos acerca de las provisiones, señor.

El gobernador no le hace caso y sigue mirándote furioso.

—¡Señor! ¡Las provisiones! —insiste el oficial.

Lentamente, el gobernador enfunda la daga.

—Ya llegará tu hora —te silba Narváez—. Y ahora,

¿qué queréis? –dice al oficial.

Se alejan los dos. Tú, aliviado, ayudas a Esteban a levantarse.

–¿Estás bien?

–Desde luego. Estoy acostumbrado a la violencia del gobernador. Pero te doy las gracias, amigo.

Esteban trata de mostrarse tranquilo, pero tú puedes ver que todavía está temblando de miedo.

Pronto están preparados los botes. Esteban arría el del gobernador y los otros oficiales.

–Ahora nos toca a nosotros –dice.

Mientras subes al bote, algunos marineros se disponen a bajarlo al agua.

–¡Vamos! –grita Esteban, que ya no puede verte.

Puedes seguir a Esteban y exponerte a las iras de Narváez. O puedes esconderte detrás de aquel bote salvavidas cuando nadie te vea, o avanzar en el tiempo hasta el desenlace de la expedición. Están a punto de arriar el bote. ¡Es el momento de tomar una decisión!

**Sigues a Esteban.
Pasa a la página 9.**

**Avanzas en el tiempo.
Pasa a la página 12.**

Es el 15 de agosto de 1513. Estás en una gran barca de remos. Detrás de ti varios veleros enormes permanecen anclados. Ves una bandera española ondeando en uno de los mástiles. El marinero que está sentado delante de ti se vuelve y te mira fijamente.

–¡Deja de balancearte! –dice con mal tono. No se da cuenta de que acabas de regresar del futuro–. A propósito, ¿quién eres? No te conozco.

–Trabajo en la cocina –explicas–. Salgo pocas veces a tomar el aire. Hoy es una excepción.

El marinero gruñe.

–El muchacho trabaja en la cocina –dice al que está a su lado.

–La comida es una porquería –añaden, volviéndote la espalda.

Delante de ti, ves lo que deben ser las marismas de Florida. En la barca, a tu izquierda, dos oficiales están hablando.

–Creo que es una tontería ir en busca de la Fuente de Juventud –dice uno de ellos.

–¿Quién puede saberlo? –replica el otro oficial–. Hasta que Colón volvió de su viaje, no habíamos visto nunca una hamaca ni una mazorca de maíz, ni esos animales acuáticos de grandes fauces.

–Sin embargo, yo digo que Ponce de León tiene una imaginación fantasiosa –concluye el primer oficial.

¡Ponce de León! Debe ser el jefe de esta expedición.

—¿Dónde está el comandante? —preguntas al rudo marinero.

—Ponce de León está en el buque insignia —explica el marinero— mientras nosotros conquistamos tierra para España, y buscamos esa maldita fuente.

Así pues, Ponce de León no busca oro, sino una fuente mítica. Pronto vuestra barca encalla en un cañaveral. Todo el mundo salta a tierra. Delante de vosotros, veis un pueblo indio parecido a aquél donde desembarcó Narváez, pero más pequeño. Varios indios salen de sus casas para recibiros. Parecen un poco recelosos.

Uno de los dos oficiales empieza a interrogarlos con señas. Un muchacho indio que está a tu lado te toca con la punta del dedo. Parece sorprendido por tu ligera cota de malla. Tú le sonríes y le llevas aparte.

—¿Has visto oro por aquí? —le preguntas.

—¿Oro? —dice él—, no te comprendo.

—Un metal brillante —le explicas—, del color del sol.

El muchacho asiente vigorosamente con la cabeza y te invita con señas a que vayas con él.

Puede que esto sea peligroso. ¿Sigues al muchacho indio o regresas a la expedición de Narváez?

**Sigues al muchacho.
Pasa a la página 14.**

**Regresas a la expedición
de Narváez.
Pasa a la página 12.**

SUBES a un bote con unos quince marineros, y el bote es arriado frente a la costa de Florida. El mar está en calma. Los marineros agarran los remos y empiezan a remar. Tú les imitas.

El bote entra en una deliciosa cala flanqueada de plantas trepadoras y de árboles bajos y retorcidos. Allá arriba, sobre una pequeña colina, la aldea india parece tranquila y pacífica. Desembarcáis en seguida.

Miras a tu alrededor y ves una docena de casas hechas de cañas, palmas y hierbas, rodeadas de amplas zonas de tierra batida. Una de ellas es grande como una iglesia; las otras son mucho más pequeñas. Detrás de la aldea, se eleva el terreno formando colinas.

—¡Eh! ¡Vosotros dos! —os grita un apuesto oficial a Esteban y a ti—. Registrad las casas de la orilla de la cala y ved si hay oro en ellas. Los otros mirad si encontráis algo en las colinas y en los campos de más allá.

–Ese es mi amo, Andrés Dorantes –explica Esteban–. Es mucho más amable que el gobernador.

Esteban y tú registráis una pequeña cabaña. Es húmeda y oscura, el suelo es de tierra y hay pieles de animales colgadas en las paredes. Las ascuas de un pequeño fuego arden todavía en un rincón. Sin duda los indios han huido al veros llegar.

No se ve oro por ninguna parte.

Después os acercáis a una hilera de canoas y redes plegadas junto a la orilla.

–¡Mira esto! –grita Esteban.

Hurga dentro de una de las redes y saca algo que brilla al sol..., ¡una sonaja que parece de oro!

Apenas puedes creer lo que estás viendo. ¿Cómo puede haber oro en esta aldea india abandonada?

Esteban y tú corréis al encuentro de Dorantes. Éste, al ver la sonaja, abre mucho los ojos.

–¡Gobernador! –grita.

Los tres corréis al lugar donde se encuentra Narváez.

–¿Qué? ¿Es oro esto? –pregunta muy excitado el gobernador, agarrando la sonaja de manos del oficial–. Bueno, ¡no os quedéis así como idiotas! ¡Esclavo! Vuelve a las chozas y mira si hay más. ¡Y tú! –Te agarra por el cuello del jubón–. Únete a los que registran las tierras por detrás de la aldea. ¡Deprisa!

Subes corriendo una colina cubierta de maleza, desapareciendo de la vista de Narváez. Al otro lado, los marineros están comiendo lo que cultivan los indios, en vez de buscar oro en el campo. Te detienes y miras a tu alrededor. Un maldito mosquito te pica en un brazo.

¿Qué vas a hacer ahora?

De pronto, oyes un ruido. Te vuelves y ves a un muchacho indio, aproximadamente de tu edad, que sale de detrás de un arbusto. ¡Está prácticamente desnudo! Tatuajes de serpientes cubren casi todo su cuerpo.

El joven indio mira colina abajo y ve que los españoles están robando sus cosechas. Te amenaza con el puño.

–¡Marchaos de aquí, extranjeros!

–Nos iremos –dices tú–. Pero esa sonaja de oro que encontramos, ¿puedes decirme...?

–¡Vete! –grita el muchacho, sin dejar de sacudir el puño. Después da media vuelta y baja corriendo la cuesta, para encontrarse con una tribu de adultos que regresa por un sendero. Les dice algo, señalando en dirección hacia ti.

–Guerreros, ¡al ataque! –grita el indio–. ¡Matemos a los extranjeros!

Los indios corren colina arriba, blandiendo las lanzas sobre sus cabezas. ¡Vienen a por ti!

¡Rápido! Salta un mes hacia adelante.

Pasa a la página 17.

ESTÁS solo en un terreno pantanoso. Extrañas enredaderas penden de las retorcidas ramas de los árboles. Nubes de insectos se ciernen en el aire húmedo. Tienes que andar con cuidado para no hundirte en el lodo.

Quieres salir de allí a toda prisa. Pero, ¿adónde irás?

Ves un árbol que es más alto que los arbustos que lo rodean y trepas a él. Al llegar a la cima, lo ves todo azul a tu alrededor. ¡Debe ser el Golfo de México! Y allí, en una playa de fina arena, ves un grupo de soldados españoles. ¡Deben ser hombres de Narváez! Te apresuras a bajar del árbol y avanzas en dirección hacia ellos.

Llegas en seguida, pero te ocultas entre los matorrales para poder observar sin que te vean. Los trajes de los hombres están hechos jirones. Sus cuerpos son tan delgados que pueden verse los huesos bajo la piel. Un hombre con un parche en un ojo se tambalea de un lado a otro, dando órdenes. Tiene los cabellos enmarañados como un nido de pájaro, y su piel muestra un horrible color amarillo.

Te quedas pasmado. ¡Es Narváez!

Los hombres están muy atareados construyendo pequeñas embarcaciones con ramas y enredaderas que han traído de la ciénaga. ¡Deben de haber perdido sus hermosos barcos!

Un muchacho negro recoge las lianas en el pantano. ¡Es tu amigo Esteban! Le llamas en voz baja. Se vuelve y te ve.

—¡Amigo mío! —exclama. Te abraza—. Creía que habías muerto cuando atacaron los indios.

—Poco me faltó. He estado vagando durante meses por estos pantanos.

—Me alegro de encontrarte vivo —dice Esteban.

—¿Cómo terminó la búsqueda del oro? —le preguntas.

—No hay oro en este lugar. Nos han tendido muchas emboscadas en los pantanos. Ahora, los hombres están enfermos y el propio Narváez se está muriendo. Nuestra única esperanza de volver a España es construir estas embarcaciones y regresar a la civilización.

—Están casi listas ¿verdad?

Esteban asiente con la cabeza.

—Zarparemos esta noche. Vendré a buscarte más tarde. Mantente lejos de Narváez. Se ha vuelto loco.

Esteban se aleja. Es evidente que Narváez no va a llevarte a las Siete Ciudades. Tienes que buscar oro en otra parte. Pero, ¿dónde? Tal vez alguien de la misión de Narváez pueda darte una pista.

Avanza unos cuantos días.

Pasa a la página 26.

EL muchacho te conduce al interior de la oscura jungla. Llegáis a una laguna y el chico se mete directamente en ella. Tú te quitas la cota de malla, la sostienes sobre la cabeza y saltas también al agua.

Pronto llegas a la otra orilla y sigues al muchacho por una cuesta. Se detiene al pie de una alta palmera.

—¿Es eso? —pregunta, señalando.

Miras hacia arriba. El muchacho te ha llevado hasta un fruto dorado: el plátano.

—No. No es eso —le dices.

El chico, contrariado, te guía de nuevo a través de la laguna. A mitad del trayecto, se vuelve hacia ti.

—¡Deprisa! —grita—. ¡Cocodrilos!

Salen cocodrilos de todos los rincones. ¡Parecen furiosos y hambrientos!

El muchacho llega a la otra orilla, pero la cota de malla retrasa tu marcha. Los cocodrilos se te acercan por momentos.

—¡Iré a buscar ayuda! —grita el chico, echando a correr.

De pronto, ves una roca que sobresale del agua. Sacando fuerzas de flaqueza, llegas a ella una fracción de segundo antes que los cocodrilos; te encaramas y sales del agua.

¡Rápido, antes de que se acerquen más! ¡Salta hacia el futuro!

 **Pasa a la página 9.**

ESTÁS solo sobre un madero flotante en medio del Golfo de México. ¡Cuidado! ¡Llega una ola enorme!

Te abrazas al borde con todas tus fuerzas. La ola te hace volcar. Calado hasta los huesos, subes de nuevo a la minúscula balsa.

Miras a tu alrededor y no ves señal alguna de los barcos de la expedición de Narváez. Pero adviertes restos de embarcaciones en el agua oscura.

Ahora ves que algo flota a tu derecha; parece un hombre tumbado boca arriba.

–¡Eh! –le gritas–. ¿Puedo ayudarte?

Te acercas más y te encuentras con algo que te da náuseas. *Es* un hombre. Y *yace* boca arriba. Una gaviota posada en su pecho le picotea la cara muerta e hinchada.

Te alejas rápidamente del espantoso cadáver. ¿Se habrán ahogado todos los expedicionarios, incluso tu amigo Esteban? La idea es terrible, pero puede haber ocurrido de verdad.

Retrocede en el tiempo hasta la expedición de Pineda.

Pasa a la página 24.

Es el mes de mayo en Florida, y el tiempo es cálido y húmedo. Estás con agua hasta los tobillos en un oscuro lodazal. Delante de ti, no muy lejos, ves una hilera de hombres españoles a caballo que se abren paso entre lianas y plantas espinosas. Cruzas una charca de agua salobre y te incorporas a la fila.

La cota de malla que llevas parece que te hace hundir más en el terreno pantanoso. Zumban insectos alrededor de tu cara. ¿Cuánto tiempo tendrás que caminar en estas condiciones?

–¡Mirad! –grita uno de los que van delante.

Vuelves la cabeza y ves a lo lejos, en un claro, varias chozas de cañas. Es una pequeña aldea india.

Ibas hacia ella cuando alguien te da una palmada en el hombro. ¡Esteban! Está delgado y fatigado, pero parece alegrarse mucho de verte.

–Pensé que habías desaparecido de la faz de la tierra –dice–. ¿Dónde te habías metido?

–¡Hum...! Fui enviado con un grupo a explorar la costa. ¿Se ha encontrado más oro?

–El último oro que vimos fue aquella sonaja –responde Esteban–. Entonces Narváez envió a buscar los caballos e inició la marcha hacia el interior, valiéndose de prisioneros indios como guías. Si éstos no hacen lo que les ordena, les azota y les mata de hambre.

–¿Dónde está ahora Narváez? –preguntas.

–Tomó la delantera con algunos hombres. Nos encontraremos con él en la próxima aldea.

–¿Te ha tratado bien?

–Bueno, no ha vuelto a amenazarme con cortarme la lengua, si es a eso a lo que te refieres. –Esteban hace un guiño–. Los guías dicen que hay algunas ciudades de oro en el territorio de los indios apalaches. Pero yo no me fiaría de los guías; están tan furiosos contra Narváez, que les gustaría traicionarle. –Esteban sacude la cabeza y suspira–. En realidad, debíamos de habernos quedado en la costa. Es lo que hizo Ponce de León en *su* expedición a Florida.

Te diriges al claro y entras en la aldea india. Algunos niños, delgados y desnudos, están jugando en el barro. Mujeres indias, de pie junto a las chozas, observan a los españoles que ahuyentan a los niños a su paso.

Reconoces a Narváez, que parece todavía menos digno de confianza que la última vez que lo viste. Se acerca a una mujer.

–¡Comida! –dice, llevándose una mano a la boca.

La mujer entra en una choza de ramas.

Algo extraño sucede en esta aldea. No hay hombres en ella; sólo mujeres y niños de famélico aspecto.

De pronto, todas las mujeres agarran a los niños y se meten en las chozas.

Oyes que un caballo relincha de dolor, te vuelves y ves que una flecha ha penetrado en su flanco.

Después ves flechas que vuelan por todas partes.

–¡Es una emboscada! –grita el gobernador Narváez.

En la orilla de la charca hay un numeroso grupo de indios dispuestos a invadir la aldea.

Esteban tenía razón. ¡Los indios *han* traicionado a Narváez!

Los españoles disparan armas pesadas montadas sobre trípodes. Un oficial te agarra por el cuello del jubón.

–¿Dónde está tu arma? –grita–. ¡Emplea tu arcabuz!

Tú te desprendes y corres hacia una choza próxima.

¡Zas! Una flecha se clava en la pared.

Corres detrás de la choza y te escondes donde nadie puede verte. Ahora estás solo, pero no por mucho tiempo.

Probablemente estarás más seguro si avanzas en el tiempo hasta el fin de esta expedición. Puedes también retroceder en el tiempo y recorrer la costa de Florida en busca de las Siete Ciudades. Esteban dijo que esto era lo que había hecho Ponce de León. Tal vez tú deberías hacer lo mismo.

Retrocedes en el tiempo y vas en busca de Ponce de León. Pasa a la página 6.

Avanzas en el tiempo hasta el fin de la expedición. Pasa a la página 12.

A los barcos! –grita alguien–. ¡Volved todos a los barcos!

Tú bostezas y te incorporas. Al despertar de tu sueño reparador, ves que los exploradores están subiendo rápidamente a los botes y dirigiéndose a los barcos. Saltas también dentro de un bote.

–¿No te he visto antes de ahora? –te dice un rechoncho y joven marinero, que parece mejor alimentado y más feliz que cualquiera de los que acompañaron a Narváez en su viaje.

–He estado explorando río arriba –le dices.

Después de trepar por una escala de cuerda, te encuentras en un barco más pequeño que el de Narváez y asombrosamente limpio. Vas de un lado a otro, observando, y el olor de algo apetitoso te lleva a la cocina.

Allí, un cocinero te tiende una taza de café.

–Al comandante le gusta tomar una taza de cafe caliente por la mañana –dice–. Llévasela. Le encontrarás en la cubierta.

Tomas la taza de café, subes la escalera y encuentras en la cubierta a un hombre que viste un brillante uniforme; está observando la línea de la costa.

Debe ser el comandante Pineda. Está rodeado de tres o cuatro oficiales.

–¿Has dibujado bien esa ensenada? –pregunta al hombre que está junto a él y que toma apuntes de la costa–. Queremos que ese mapa sea lo más exacto posible.

¡Debe ser la primera vez que alguien incluye el Mississippi en una carta marina!

El comandante te ve y toma su taza de café.

–Bien, bien –dice–. Gracias. ¡Es un buen detalle!

El barco se desliza suavemente por el gran río.

–¡Una aldea al frente! –grita el vigía.

Tú te acercas al comandante Pineda para observar su reacción.

–Anclaremos aquí durante un tiempo –dice–. Yo iré a tierra para saludar a los indios. Quiero que sólo me acompañe un pequeño grupo. –Te ve plantado cerca de él–. Tú me trajiste el café, ¿no? Formarás parte del grupo.

Subes muy contento al bote, con Pineda y sus oficiales. Tú y otros tres marineros remáis hacia la orilla.

–Ahora –dice Pineda–, recordad todos que ellos son nuestros anfitriones, y nosotros somos sus invitados. Debemos comportarnos como tales.

Desembarcáis y os acercáis a la aldea. Varios indios de fiero aspecto y vestidos con pieles de animales salen a vuestro encuentro.

Pineda se acerca confiadamente a los indios y abre las manos para mostrarle que no lleva armas. Su intérprete explica que llegan en son de paz desde una tierra lejana.

El jefe indio escucha y dice al fin:

–Hemos oído hablar de vosotros a los que viven más abajo junto al río. Sois buena gente, gente de paz. Sed bien venidos a nuestra aldea. –El jefe se vuelve a uno de su tribu y ordena–. ¡Comida para nuestros amigos!

Los indios se apresuran a traer frutas y carne en grandes platos.

–Los que se han quedado en el barco lamentarán haberse perdido esto –dice Pineda–. Gracias, amigos, por vuestra generosidad.

Mientras tú y los marineros coméis, miras a tu alrededor: unos perros juegan sobre el polvo y una mujer india prepara un guiso. El jefe habla con Pineda y señala un campo donde se cultiva maíz. Todo es agradable y tranquilo, pero hay una cosa que te preocupa. No has oído hablar de oro ni de las Siete Ciudades desde que te uniste a esta expedición.

Al volverte, ves una muchacha india aproximadamente de tu edad: lleva un fino brazalete amarillo. ¿Puede ser de oro? Te acercas para averiguarlo.

–¡Qué lindo brazalete! ¿Es de por aquí?

–No –dice la muchacha–. Vino del norte.

–¿Puedes decirme exactamente de dónde?

–Lejos, muy lejos, hay otro río tan caudaloso como éste, que desemboca sucesivamente en unos grandes lagos. Mi padre viajó a aquella tierra y me trajo este brazalete.

–¡Oh! –exclamas–. Bueno, me ha gustado mucho hablar contigo.

Corres al encuentro de Pineda, que está conversando todavía con el jefe.

–Disculpadme, señor capitán, pero me he enterado de algo que puede interesaros. Hay allí una muchacha india que lleva un brazalete que creo que es de oro.

–¡Qué bien! –dice Pineda.

–Me ha dicho que el oro procede del norte, creo que de la zona de los Grandes Lagos.

–¿Qué Grandes Lagos? –pregunta Pineda.

Desde luego, ¡nunca ha oído hablar de ellos! Tú no sabes qué decir.

–Bueno –sigue diciendo Pineda, volviéndose a sus oficiales–, ¿nos preparamos para volver a los barcos?

Te sorprende la reacción de Pineda ante tu noticia. Sólo parece interesado en explorar las riberas del Mississippi. Le es indiferente encontrar oro o las Siete Ciudades.

La tripulación se dispone a embarcar en el bote. Debes tomar una decisión. ¿Deberías avanzar por tu cuenta hasta la región de los Grandes Lagos, para descubrir lo referente al oro, o continuar con Pineda y ver adónde te lleva el capitán?

**Avanzas hasta los Grandes Lagos.
Pasa a la página 34.**

**Continúas con Pineda.
Pasa a la página 38.**

ESTAMOS en 1519. La luna resplandece en lo alto. Estás en tierra firme, pero a pocas yardas delante de ti, un río inmenso brilla a la luz de la luna. Es tan grande que debe ser el Mississippi.

A poca distancia, río arriba, descubres unas luces que centellean y docenas de hombres con armadura española tumbados en el suelo dispuestos a pasar allí la noche. ¡Has encontrado la expedición de Pineda!

Accidentalmente, pisas una rama. El chasquido producido por la pisada te delata.

—¡Alto ahí! —grita un centinela, que se vuelve y desenvaina su espada.

Como no puedes hacer otra cosa, sales de entre los matorrales, pero en cuanto te ve más claramente, la actitud del centinela se vuelve amistosa.

—Tú debes ser el explorador de la parte alta del río —dice—. ¿Traes alguna información para el capitán Pineda?

—No, señor. —Lanzas un suspiro de alivio—. Todo está bien.

—Entonces, ven a calentarte junto al fuego.

Cansado y aliviado, te tiendes junto a la fogata. Afortunadamente, te has reunido con la expedición de Pineda.

Pasa a la página 20.

¡PLAF! Caes en las aguas del Golfo de México. Las olas se agitan a tu alrededor. A unas pocas yardas de distancia, está una de las frágiles embarcaciones de ramas que estaban construyendo los marineros de Narváez. Más lejos, hay otras cuatro barcas.

—¡Socorro! —gritas.

Los marineros de la barca más próxima se vuelven y te ven. Empiezan a remar en dirección hacia ti. La barca está tan llena que queda bastante hundida en el agua.

Un marinero rubio alarga un brazo para ayudarte a subir, y la embarcación está a punto de volcar.

—¿Qué diablos estás haciendo aquí? —te pregunta, cuando ya estás a salvo.

—Me caí de otra barca.

—Bueno, estate quieto y sécate.

Apretujado dentro de la barca, adviertes que han clavado tablas de madera en el casco de aquélla para que el agua no empape a todos los que están a bordo. Miras hacia arriba y observas las velas. Han sido confeccionadas con camisas y trozos de cuero.

—¡No te quedes ahí dormido! —grita un oficial que está cerca de ti, mientras pone un remo en tus manos—. ¡A trabajar!

No es fácil seguir el ritmo de los otros hombres. El aire es cálido y húmedo. Negras nubes se ciernen en el cielo. Todo está en calma, salvo el agua agitada.

—Hoy hace mucho calor, ¿verdad? —dices al marinero rubio.

—Estamos en septiembre y el calor aún es terrible. ¡Maldita expedición! Te digo que moriremos todos. Y por nada.

—Dime: ¿hubo algún otro explorador que viajase por este territorio?

El marinero rubio te mira de un modo extraño.

—Desde luego. Alonso de Pineda vino aquí hace años. Fue el que descubrió el río cuya desembocadura vimos ayer. El Espíritu Santo.

Pineda: debes recordar este nombre.

—¿Y encontró oro allí?

El hombre te mira irritado.

—¿Tan imbécil eres que piensas en el oro? ¡Yo sólo pienso en sobrevivir!

—¡Basta de charla! —te grita el oficial—. ¡Sigue remando!

Adviertes que el cielo está cada vez más oscuro y que soplan fuertes vientos.

—Acercaos más a la barca del gobernador —ordena ahora el oficial—. Nos está haciendo señales.

Pronto se encuentra vuestra barca junto a la del gobernador. Narváez, que tiene la cara amarilla y un aspecto espantoso, murmura algo al soldado que está a su lado. Éste repite a gritos sus palabras; el gobernador está demasiado débil para levantar la voz.

—El gobernador teme que se está acercando una tormenta. Dice que las barcas tienen que separarse. Cuando lo hayan hecho, cada una de ellas deberá valerse por sí misma y tratar de llegar a una de las colonias españolas de México.

En cuanto acaba el soldado de transmitir el mensaje, empieza a llover a raudales. Se levanta el viento y las olas sacuden la frágil barca. Ha oscurecido tanto que parece de noche.

—¡Remad! —grita tu oficial—. ¡Remad hacia tierra tan fuerte como podáis!

Ya no distingues las otras barcas. Se han perdido de vista.

El viento sopla todavía más fuerte. La lluvia sacude tu cabeza. Las olas te mojan los pies y zarandean la barca con tal fuerza que están a punto de volcarla. Todos reman desesperadamente, demasiado ocupados para fijarse en ti.

Durante un instante, ¡tienes la posibilidad de saltar en el tiempo!

Pero, ¿adónde? Podrías avanzar un día y descubrir lo que le ocurre a la expedición de Narváez. O podrías retroceder en el tiempo y unirte a la expedición de Pineda.

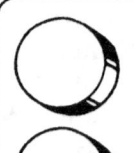

Avanzas un día.
Pasa a la página 16.

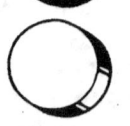

Retrocedes hasta Pineda.
Pasa a la página 24.

ESTÁS en México, en el año 1521, de pie en una colina que domina una llanura. A lo lejos, ves una enorme ciudad mágica, Tenochtitlán, de la que habló el mensajero de Hernán Cortés. Pirámides de piedra gris y torres cuadradas se alzan hacia el cielo. La ciudad está totalmente rodeada por un lago, cruzado por altos terraplenes que enlazan aquélla con la llanura circundante.

Estás ansioso por bajar y entrar en la ciudad, pero incluso desde aquí puedes oír disparos y hombres que gritan. Cortés y los aztecas deben de estar combatiendo. ¡Tendrás que andarte con cuidado!

Desciendes lentamente la polvorienta falda de la colina. Por último, te encuentras en el llano, al mismo nivel que la ciudad. El ardiente sol te quema mientras caminas. Te preguntas si los aztecas te considerarán un enemigo, debido a tu uniforme español. Probablemente, sí.

Al doblar un recodo, oyes un ruido de hombres delante de ti. Rápidamente retrocedes y te pegas a la roca, junto a unos arbustos.

Los hombres se acercan, hablando entre ellos en un tono alto, en lengua azteca.

–Estoy ansioso por entrar en combate –dice un azteca–. ¡Arrancaré el corazón a todos los españoles que capture!

–Yo los descuartizaré –se jacta otro.

Sabes por sus voces que están a pocos pasos de distancia.

–Tengo hambre –dice un azteca–. Voy a comer algunas bayas de aquel arbusto.

¿Cómo has podido ser tan estúpido de ocultarte cerca de estas bayas? El hombre se va acercando. Cuando llegue al arbusto, no podrá dejar de verte. ¡Y no puedes moverte una pulgada sin que te descubran! Tu corazón late tan de prisa que piensas que va a estallar.

–¿Por qué pierdes el tiempo con las bayas? –le grita otro azteca–. Somos guerreros y vamos a luchar. ¡Ven!

Oyes que el azteca se detiene. Después retrocede lentamente para unirse a los otros. El ruido de sus voces es cada vez más débil. ¡Uf! Te has librado por los pelos!

Continúas tu marcha hacia el lago y la imponente ciudad. Después de caminar una hora, te acercas a un terraplén sobre las aguas. Allí ves un campamento de soldados y docenas de pequeñas tiendas. Una bandera española ondea a gran altura. Te diriges rápidamente al campamento. Un joven soldado está recogiendo agua de un arroyo.

–¡Hola! –le gritas.

–Hola –dice él–. ¿Formas parte de los nuevos refuerzos?

–En efecto. ¿Qué ha pasado?

–¿No te has enterado? ¡Esos aztecas son el demonio!

–¿Cómo empezó la batalla?

–Hace dos años, cuando Cortés exploró el interior de México, descubrió esta hermosa ciudad de Tenochtitlán. Al principio, los aztecas le trataron como a un dios. Moctezuma, que era entonces emperador, le recibió de buen gusto como invitado.

»Pero Cortés no confiaba en los indios. Por consiguiente, invitó a Moctezuma al campamento, le hizo prisionero y exigió que le diese oro para el rey de España.

»Pues bien. Moctezuma entregó más oro de lo que puedes imaginarte. Pero Cortés sabía que, cuando los aztecas averiguasen que su emperador estaba cautivo, no podría permanecer en la ciudad. Por consiguiente, se retiró con el oro hacia la costa, obtuvo nuevos refuerzos y ahora ha vuelto para apoderarse definitivamente de la ciudad.

–¿Qué fue del emperador? –preguntas.

–Murió estando prisionero. Pero, ¿qué importa esto? Ahora dominamos la mayor parte de Tenochtitlán. Pronto será nuestra toda la ciudad.

¡No es de extrañar que los aztecas que viste en el llano estuviesen sedientos de sangre! ¡Les están echando de su ciudad y despojando de sus riquezas!

Pero ahora tienes que pensar en tu misión.

–¿Crees que es ésta una de las Siete Ciudades de Oro de las que tanto se habla? –preguntas.

–Si hay una, fácilmente puede haber seis más.

Precisamente entonces, llega otro joven soldado.

–¿Te has enterado, Rodrigo? –pregunta–. ¡Cortés ha hecho prisionero al emperador Cuauhtemoc cuando trataba de escapar en una canoa!

–¿Sabes dónde puedo encontrar al capitán Cortés? –preguntas.

–El campamenteo está dentro de las murallas de

la ciudad, al nornoroeste de aquí. ¿Ves aquella pirámide más allá del agua? Está precisamente al otro lado.

Inmediatamente, emprendes la marcha.

—¡Ten cuidado! —te grita Rodrigo—. ¡Mantén los ojos abiertos!

Empiezas a andar por uno de los terraplenes. Por fin llegas a la ciudad-isla. Pero ahora las apiñadas casas de piedra de los aztecas te impiden ver la pirámide. ¿Cómo puedes saber adónde vas?

Si has optado por llevar una brújula contigo, puedes emplearla para encaminarte hacia el nornoroeste. En caso contrario, tendrás que guiarte por tu propio instinto.

No tienes brújula.
Pasa a la página 41.

Tienes una brújula
Pasa a al página 36.

ESTAMOS en 1519. Tú caminas a solas por el bosque, que en la actualidad es el interior del Estado de Nueva York. Hace fresco y brilla el sol.

¿Qué es ese ruido? Te escondes detrás de un arbusto y esperas.

Un grupo de indios viene hacia ti. Llevan arcos y flechas, y las caras pintadas. Su jefe se detiene de pronto.

—Creo que oigo al enemigo —murmura.

Te quedas inmóvil, sin atreverte a respirar. Al cabo de un momento, los indios siguen su camino.

Esperas unos minutos más y, después, corres por un sendero en dirección contraria. Pronto llegas a un claro del bosque. Empiezas a cruzarlo.

¡*Ziinng!* ¡Vuela una flecha junto a tu oreja! ¡*Pssst!* Otra flecha silba desde el lado opuesto!

Delante de ti, ocultos entre los árboles, están los indios que viste antes. Detrás de ti hay otra tribu... ¡enemiga de aquéllos! Es un combate entre indios, ¡estás entre dos fuegos!

Ves un matorral en el centro del claro, ¡y te escondes en él con el tiempo justo!

¡De prisa! ¡Retrocede al instante hacia el sur!

Pasa a la página 6.

EMPLEANDO tu brújula, te diriges hacia el nornoroeste por las intrincadas calles de Tenochtitlán. Pasas junto a los cadáveres ensangrentados de aztecas medio desnudos y de españoles con armadura, mientras el tiroteo se hace más intenso.

Pronto llegas a una plaza que está llena de soldados españoles. Parece ser el cuartel general del ejército de Cortés.

—¿Dónde puedo encontrar al capitán Cortés? —preguntas a un soldado que está cerca de ti—. Traigo un mensaje importante para él.

El soldado decide confiar en ti.

—¿Ves aquel edificio de adobe de la esquina? Encontrarás allí a Cortés. Está interrogando al emperador Cuauhtemoc.

—Gracias.

Te diriges al edificio, dándote importancia; pero cuando ves que el soldado no te mira, doblas la esquina. Hay una ventana pequeña, exactamente a la altura de tus ojos. Te pones de puntillas para mirar al interior.

Ves allí a un robusto azteca, envuelto en una deslumbrante túnica dorada. Está sentado en un gran sillón. Le rodean oficiales españoles, apuntándole con sus armas. La armadura de uno de los oficiales parece más majestuosa que las de los otros. Sospechas que es Cortés, pues está interrogando al emperador azteca.

—¿Todavía no quieres decir de dónde vino el oro de Moctezuma? —pregunta Cortés—. Está bien..., ponedle de nuevo los carbones encendidos.

Un soldado agarra con unas tenazas una brasa y se la aplica a la planta del pie del azteca. El emperador cierra los ojos y gime de dolor. Tú estás aterrorizado.

Cuando le apartan la brasa del pie, Cuauhtemoc jadea.

—Os he dicho la verdad. Aquel oro era toda la riqueza de mi pueblo. ¿Sois tan tontos que podéis pensar que hay otras seis ciudades más ricas que ésta?

Cortés le escucha y reflexiona.

—¿Más brasas, capitán? —pregunta uno de los soldados.

Cortés sacude la cabeza.

—Creo que el emperador está diciendo la verdad —comenta—. Las Siete Ciudades de Oro deben de estar en otra parte.

—¡Eh! ¡Tú! —Alguien te ha visto: el soldado con quien hablaste antes. Ahora parece menos amistoso—. No traes ningún mensaje para Cortés. ¿Quién eres? ¿Un espía?

Decides poner pies en polvorosa. El soldado te sigue. Pero no es tan rápido como tú. Ahí hay un arco bajo el cual puedes meterte. ¡Salta, antes de que te alcance el soldado!

Pasa a la página 46.

ESTÁS de pie junto a la barandilla, a bordo del barco de Pineda. Observando el agua, ves que la nave se mueve río abajo, ¿Es posible que la misión de Pineda haya terminado y que vayas a regresar a España?

De pronto, unos cuantos marineros empiezan a armar ruido.

—¡Sí, señor! ¡Es un barco español! —grita entusiasmado uno de los marineros, mirando río abajo.

Ves un barco pequeño que avanza en dirección a vosotros.

A los pocos minutos, se detiene junto a vuestra nave. Te inclinas sobre la borda y ves trepar un mensajero por una escala de cuerda. Tú y muchos oficiales y marineros os agrupáis a su alrededor.

—Me envía el capitán Cortés, señor, con una información muy importante —dice el mensajero de Pineda—. Se dirigía, al frente de una expedición, al corazón de la tierra llamada México, cuando descubrió una nación extraordinaria, la de los llamados aztecas, que viven en Tenochtitlán. Es la ciudad más grande que hemos conocido en el Nuevo Mundo..., mucho más grande que cualquiera de las que tenemos... ¡incluso en España! En ella hay tanto oro y riquezas que no os podéis imaginar...

Tú no puedes morderte la lengua.

–¡Debe ser una de las Siete Ciudades! –exclamas.

–¡Silencio, advenedizo! –te reprende un oficial.

–Nadie sabe todavía si son siete ciudades o solamente una –sigue diciendo el mensajero–. Pero ésta parece un sueño.

Pineda da las gracias al mensajero y entra en su camarote para conferenciar con los altos oficiales. Tú encuentras una bayeta y empiezas a fregar la cubierta cerca de la puerta del camarote para oír lo que están diciendo.

–Una noticia increíble –anuncia el capitán Pineda–. Sólo espero que el descubrimiento de tales riquezas no haga que Cortés olvide su misión: salvar almas, y no apoderarse de los tesoros de los indios. Donde hay oro, los hombres a menudo pierden la razón.

–Señor, ¿creéis que Cortés ha encontrado las fabulosas Siete Ciudades de Oro? –pregunta otro oficial.

–Es posible. Pero también lo es que estén río arriba, en el lugar al que nos dirigíamos nosotros...

–También yo lo he pensado. Estoy seguro de haber visto algunos indios que llevaban joyas de oro y...

–...O puede que las ciudades –prosigue Pineda– estén a miles de millas de distancia, en el corazón de la China. Nuestra misión consistía en explorar las cercanías de la costa. Lo hemos hecho, y hemos encontrado un gran río que un día puede ser un paso hacia la India. Y esto ya es suficiente. Volveremos a casa, caballeros. Dejemos que otros busquen las Siete Ciudades.

–Sí, señor –murmuran los oficiales.

Parecen un poco desilusionados.

También tú estás desilusionado, pues ahora debes dejar a Pineda y encontrar otra ruta para seguir en tu busca personal de las Siete Ciudades.

Te diriges a un lugar solitario de la cubierta y te dispones a saltar. Pero, ¿adónde irás ahora? Parece que Cortés ha encontrado algo importante. Podrías unirte a él en México. También podrías dirigirte al norte, en busca del oro de que te habló la muchacha india de la aldea.

Vas hacia el norte.
Pasa a la página 34.

Vas a México.
Pasa a la página 29.

CAMINAS, sin brújula, por una estrecha calle sin empedrar. Bajos edificios de piedra se apiñan a tu alrededor. Unos soldados transportan los heridos al campamento de fuera de la ciudad. Oyes disparos y gritos que llegan desde todas las direcciones. Al final te encuentras en una especie de callejón sin salida.

De pronto, ves una sombra en un tejado próximo. Salta al suelo precisamente delante de ti. Es un guerrero azteca que lleva una falda de plumas... ¡y sostiene una daga entre los dientes!

—¡Perro español!

Te vuelves y ves otro guerrero, de aspecto todavía más fiero.

Uno de los aztecas te agarra y te ata las manos a la espalda. Te empuja, mientras el otro te dice con señas que le sigas.

Quisieras saltar al futuro, pero los dos aztecas no te pierden de vista.

Te conducen por estrechos callejones hacia la orilla del lago. Por último, te encuentras en una plaza grande, delante de una pirámide gigantesca. Una muchedumbre azteca se ha reunido alrededor de la pirámide. Cuando te ven llegar, surgen murmullos de aprobación.

Conducido por los guerreros, subes a la cima de la pirámide. Empiezas a percibir un olor hediondo, como el de un matadero. Cuando llegas al altar que hay en lo alto, comprendes la situación. Hay algo que parece sangre seca sobre las piedras.

¿Será sangre humana?

Un hombre cubierto con un brillante casco te mira fijamente.

—Por fin —dice— tenemos un bocado español para ofrecerlo a los dioses como desagravio. ¡Preparad la entrada de ese cobarde en el otro mundo!

Quieren un sacrificio humano y, a menos de que pronto hagas algo, ¡*tú* serás la víctima!

Tus dos guardianes te arrastran a una habitación en la cima del templo.

—Iré a buscar el traje de ceremonia —dice uno de los guerreros, y desaparece.

El otro monta la guardia, sin perderte de vista. No puedes saltar en el tiempo, si él no mira a otra parte. Y si no saltas, ¡estás perdido!

—Escucha —dices—. ¿No has oído? Algo se ha derrumbado fuera de aquí. ¡Sí! ¡Es un terremoto!

El guardián no confía en ti. Pero su curiosidad puede más que su recelo. Se acerca a la puerta, te da la espalda y mira al exterior. ¡Ahora tienes tu oportunidad! ¡Salta y ponte a salvo!

Pasa a la página 26.

HAS aterrizado en la orilla de un gran lago, en medio de una tierra montañosa. Ves, a lo lejos, unas altas montañas coronadas de nieve, tan imponentes, que puede tratarse de las Rocosas. A tus pies, amarrada a un poste, hay una gran balsa de madera.

De pronto, ves aparecer un grupo de hombres en la cima de una colina; vienen corriendo hacia ti. Parecen orientales.

Jadeando, pasan junto a ti y suben a la balsa.

—¡Son los buscadores de oro! ¡De nuevo están borrachos! Deprisa, sube a la balsa. Iremos remando a una isla donde estaremos a salvo.

Subes a la balsa. El joven que te ha hablado, valiéndose de una larga pértiga, aleja la balsa de la orilla y la adentra en el lago. Ahora puedes ver docenas de hombres de tosco aspecto que bajan de la colina, se tambalean borrachos y amenazan con los puños a los ocupantes de la balsa.

—¿Están buscando oro? —preguntas al joven.

—Sí. Y nosotros estamos aquí como esclavos. Generalmente los mineros no son tan malos, pero una vez al mes les da por beber y son capaces de matar a cualquier chino, como yo, que les mire de reojo.

Así pues, estos trabajadores proceden de China. Los compadeces, pero la mención del oro ha despertado tu curiosidad.

–¿Han encontrado oro aquí? –preguntas.

–Un poco –responde el hombre. Te mira con recelo–. No me digas que has venido también a California para participar en la carrera del oro.

–No temas –le tranquilizas–. Yo no estoy loco como esos mineros. Sólo estoy buscando unas ciudades. Siete de ellas, hechas de oro.

Ahora el chino te mira con la *certeza* de que estás loco.

–¿Cómo podría haber ciudades por aquí? Los mineros han registrado palmo a palmo el territorio de California, buscando oro. Si hubiese toda una ciudad llena de él, ¿crees que no lo sabríamos?

La balsa llega a una isla grande. Puedes ver unos cuantos mineros borrachos que tratan de nadar hacia vosotros desde la otra orilla con gran esfuerzo.

–¡Vamos! –dice el joven–. Allí hay una cueva donde podremos ocultarnos.

Los chinos desaparecen al otro lado de la isla.

Aquí, en el siglo XIX, la fiebre del oro es tan intensa como lo fue hace trescientos años.

Pero sería inútil que te quedases aquí. Escóndete detrás de aquel árbol y retrocede hasta el siglo XVI.

Pasa a la página 29.

HAS aterrizado en un campo, en lo alto de una colina baja, con el Golfo de México visible allá a lo lejos. Es un templado día de noviembre de 1530. Adviertes un grupo de personas al otro lado del campo.

Al acercarte más, ves que son indios y que están cavando la tierra en busca de raíces. Parecen hambrientos e irritados. Entre las mujeres, descubres algunos hombres que no son indios. Parecen europeos de piel blanca, y uno negro.

De pronto, oyes un grito detrás de ti. Un indio, delgado pero agresivo, te mira fijamente.

—¡Mirad! —grita—. Ha venido otro extranjero para convertirse en nuestro esclavo.

Te empuja hacia los otros, pinchándote con un palo.

—Ponte a cuatro patas —dice—. ¡Y cava! ¡Tenemos hambre!

Y ríe cruelmente.

Al acercarte al esclavo negro de los indios, te sorprendes al darte cuenta de que es tu amigo Esteban. Es casi un joven adulto.

Esteban se vuelve y te mira.

—¡No! —exclama—. ¿Eres realmente tú? ¿El amigo que salvó mi lengua de Narváez?

—¡No puedo creer que sigas vivo! —le dices.

—Lo mismo digo —responde él—. Te di por muerto hace años.

—Logré salvarme... por los pelos —dices.

—Mi señor y yo naufragamos —explica Estaban—. Esos crueles karankawas nos hicieron prisioneros.

Dorantes, mi señor, huyó el pasado agosto. Yo también quiero huir ahora. Tal vez muera en el desierto, pero será mejor que seguir viviendo aquí como esclavo.

Esteban observa tu cara con curiosidad.

—Pareces tan joven como el primer día que te vi.

—Dime, Esteban —dices, eludiendo la respuesta—, ¿has oído hablar de un hombre llamado Coronado?

—¿Coronado? No. ¿Por qué?

—No lo sé. Una vez oí que un indio lo mencionaba.

—No —dice Esteban—. No sé nada de él.

Pronto se hace de noche. Un indio te conduce al campamento karankawa.

Las chozas de los karankawa están hechas de cañas y parece que pueden desmontarse y trasladarse fácilmente a otra parte.

Ves que todos consumen una cena fría a base de raíces, y te das cuenta de que estos indios, que viven y comen en cualquier lugar, tienen que ser nómadas.

Ves que Esteban transporta una calabaza grande, llega de agua. Te mira y te hace una seña para que te reúnas con él detrás de una pequeña tienda. Agarras otra calabaza y caminas hacia allí.

—¿Adónde vas, esclavo? —te pregunta un muchacho karankawa que tiene varios años menos que tú.

—A la fuente, a buscar agua —le respondes.

—¡Procura no ahogarte, ratoncito! —dice el chico, soltando una carcajada.

Poco después, te encuentras con Esteban detrás de la tienda.

—Amigo mío, estoy decidido —te dice—. Me marcho. Trataré de encontrar mi camino a través de la tierra salvaje y de volver a Tenochtitlán. Me encantaría que vinieses conmigo. Estoy seguro de que dos tendríamos más probabilidades de sobrevivir que uno.

Tú no sabes qué decir. Esteban ignora que puedes salir de esta tierra en cuanto estés solo y dispuesto a saltar. Ciertamente, te gustaría viajar con él; verías la bella América tal y como era antes de que llegaran los colonizadores.

—Me gustaría ir contigo –le dices–, pero todavía no me siento suficientemente bien.

—Bueno, pase lo que pase, te deseo suerte. Te debo mi lengua. No lo olvidaré.

Esteban te estrecha la mano, sonriendo, y se aleja, dejándote detrás de la choza.

Ahora estás solo, pero no por mucho tiempo. Oyes que los karankawas vienen hacia ti. Debes saltar, pero ¿adónde irás?

Tal vez esté Coronado en Tenochtitlán y puedas reunirte allí con él. O tal vez estás en el lugar adecuado, pero en una mala época, y lo único que necesitas es avanzar en el tiempo para saber si las Siete Ciudades han sido encontradas en las cercanías del Golfo de México.

 **Saltas al sudoeste de América en la década de 1840.**
Pasa a la página 54.

 **Saltas a Tenochtitlán.**
Pasa a la página 50.

STAMOS en 1539. Tú te encuentras en medio de una gran llanura, con la ciudad de Tenochtitlán a lo lejos. Hay personas que caminan o cabalgan por una carretera próxima.

Cruzas un puente y entras en la ciudad que sólo dieciocho años antes estaba en poder de los aztecas. Por todas partes ves señales de la dominación española. Los hermosos lagos que antaño rodeaban la ciudad están siendo llenados de tierra. Los edificios relevan una extraña mezcla de arquitectura española e india. Niños con rasgos indios y españoles juegan en las calles.

Al acercarte al centro de la ciudad, adviertes que un templo azteca ha sido derruido y que una catedral ocupa su lugar. En el otro lado de la plaza, una bandera española ondea en el balcón de un viejo palacio.

Ves una mujer azteca de agradable aspecto.

–¿Qué sucede? –le preguntas.

–El gobernador va a recibir a varios viajeros que han estado ausentes durante mucho tiempo –dice ella.

–¿El gobernador Narváez? –le preguntas.

51

—Claro que no —dice la mujer—. Narváez desapareció hace diez años en el curso de una expedición a Florida. Éste es el gobernador Mendoza.

Asientes con la cabeza.

—Desde luego. ¡Qué tonto soy! —dices—. ¿Sabes por casualidad si volvió alguien de la misión de Narváez?

—Dicen que solamente cuatro consiguieron volver —responde la mujer—. El gobernador recibirá hoy a dos de ellos.

Una carroza tirada por caballos se detiene en la plaza. La gente se agrupa a su alrededor, impidiéndote verla.

—¡Aquí están! ¡Ahora bajan de la carroza! —grita alguien.

Cuando te has abierto paso y llegas a la primera fila, sólo puedes ver, por un instante, al gobernador y a los viajeros antes de que entren en el palacio.

Desde el centro de la plaza, ves que un criado abre las ventanas de una habitación del segundo piso del palacio. Debe ser la estancia en la que el gobernador recibirá a sus invitados. Adviertes que hay un árbol muy alto cerca de una de las ventanas. Si trepas a él, tal vez podrás escuchar la conversación del gobernador.

Pasa a la página 64.

ESTÁS en un gran velero en medio del océano. Sopla un fuerte viento y los marineros corren de un lado a otro.

Un hombre enorme y de mirada aviesa, con uniforme de oficial, te ve.

—¡Eh, tú! —grita—. ¿No eres aquel marinero de la *Pinta*?

—Sí, señor —respondes, confiando en que sea la respuesta más adecuada.

—Disculpadme, señor —interrumpe un marinero—. ¿Tendrías la bondad de inspeccionar las escotillas?

Aprovechas la ocasión para escabullirte.

Ves un joven marinero que está sujetando un bote cerca de ti. Al aproximarse, observas que se está sorbiendo las lágrimas.

—No quiero estar aquí —dice.

—¿Qué te pasa?

—Quisiera estar de vuelta a España —responde el muchacho—. Yo no pedí que me embarcasen con el capitán Colón. Fue mi tío quien me envió a la *Santa María*. Dijo que sería una boca menos a la que alimentar. Y aquí me tienes, en medio del océano, a punto de caer al abismo desde el confín del mundo. ¡No es justo!

Por lo visto, has ido a parar a una de las carabelas de Cristóbal Colón. Debes estar en el año 1492. ¡Aquí no encontrarás a Coronado ni a Esteban! Todavía no han nacido.

—No temas —dices al muchacho—. No vas a caer a ningún abismo. Incluso puede que descubras una tierra nueva y maravillosa.

El muchacho se enjuga los ojos con la manga; tú te refugias en una escalera, desde donde crees que no te verán. Tienes que saltar, pero ¿adónde?

—¡Perezoso bribón! —Es el oficial que te vio antes—. Con que sentado sin hacer nada, ¿eh? Muy bien, ¡tengo un trabajo para ti!

Te agarra por el cuello del jubón y te lleva al pie del palo mayor. Miras hacia arriba y sientes vértigo. ¡Es tan alto!

—¡Trepa! —te ordena el oficial—. Se acerca una tormenta, y tienes que sujetar todo el velamen. Vamos, ¡muévete!

Empiezas a subir por la escala de cuerda. La nave oscila violentamente. Resbalas y estás a punto de caer. Sigues subiendo. La cubierta está ahora muy lejos, debajo de ti. Tienes miedo de subir más arriba. El viento sopla cada vez más fuerte y temes que te arranque del mástil.

Miras hacia abajo y ves que el oficial no se fija en ti. ¡Ahora puedes largarte de aquí! ¡Salta del mástil y lánzate al futuro!

Pasa a la página 54.

EالسTÁS en una gran pradera a finales de primavera. Mientras caminas por la orilla de un hermoso río, un joven soldado con sombrero de ala ancha y uniforme de color caqui llega cabalgando. Al ver que vas a pie, se detiene a tu lado. Mira con extrañeza tu jubón de malla.

—¿Qué diablos estás haciendo en Texas sin un caballo? —te pregunta.

Tú piensas rápidamente.

—Pues... mi caballo se rompió una pata a pocas millas de aquí —respondes.

—Bueno, si quieres que te lleve al campamento, monta en la grupa —dice el soldado.

Te tiende una mano y te ayuda a subir.

—¡Arre!

El soldado sacude las riendas y salís disparados. Te cuesta sostenerte y a punto estás de resbalar sobre la grupa desnuda del caballo.

—¿Y qué estabas haciendo con un caballo lisiado a muchas millas del campamento?

—Estoy tratando de descubrir algo acerca de un oficial español. ¿Has oído hablar alguna vez de un tal Coronado?

—«Nopi» —dice el soldado—. ¿Está combatiendo con el enemigo?

¿El enemigo? No sabes de qué te habla el soldado.

—Bueno, creo que no —dices—. Es el que encontró las Siete Ciudades de Oro.

—¿Siete Ciudades de Oro? He oído rumores de que hay oro hacia el oeste, pero... —El soldado se vuelve y te mira con recelo—. ¿De qué diablos estás hablando, muchacho? Estamos en 1846. ¿No sabes que hay una guerra?

—¿Una guerra? —No tenías la menor idea, pero dices—: Claro que lo sé.

—Muy bien. Entonces, ¿quién es el general por el que luchamos? —pregunta el soldado.

—¿El general? —No tienes tiempo para pensar—. Hum... Ulysses S. Grant —dices, aparentando aplomo.

—Muy bien. ¿Y quién es el presidente de los Estados Unidos?

—Hum..., Abraham Lincoln.

—¡Bien! —dice el soldado—. Por el aspecto de tu ropa, empezaba a sospechar. Me alegro de ver que estás bien enterado.

Lanzas un suspiro de alivio. Un fuerte aparece ante vuestros ojos y entráis en él. Un centinela monta guardia con su fusil.

El soldado descabalga casi sin detener su montura. Tira del rifle que lleva en la silla... ¡y te apunta con él!

—Quédate donde estás —dice, frunciendo los párpados—. ¡No sabes que Zachary Taylor es nuestro general! ¡No sabes que Jan James Polk es el presidente! ¡Ni siquiera sabes que estamos en guerra con los mejicanos. Eres uno de *ellos*..., ¡un enemigo!

—¿Yo? —dices—. ¡Yo no soy enemigo vuestro!

El oficial llama a un grupo de soldados.

−¡Soldado! ¡Avisa al general! ¡Creo que he pillado al espía que estábamos buscando!

−¡Sí, señor! −dice el soldado, y sale corriendo.

Descabalgas y el soldado te lleva a una habitación cercana, de suelo sin embaldosar y con barrotes en la ventana. Ordena a otro soldado que monte guardia en el exterior mientras él va a buscar al general.

De momento, te quedas solo en la habitación, con el guardia al otro lado de la puerta. Todos parecen pensar que eres un espía, y en tiempo de guerra, los espías suelen ser ahorcados. El soldado dijo algo acerca de oro en el oeste. Será mejor que saltes en seguida.

Vas al oeste.
Pasa a la página 44.

Estamos en 1539. Te hallas de pie en una vertiente, en un país seco y montañoso. El calor del sol primaveral es agradablemente suave. Delante de ti, unos exploradores descienden en fila por un ancho camino. El grupo está compuesto de oficiales y soldados españoles y de hombres y mujeres indios. Todos van cargados con pesados bultos. Te unes a los exploradores y echas a andar con ellos.

Un hombre con uniforme de oficial se fija en ti. Es muy apuesto, pero tiene un aspecto cruel y ojos negros y rasgados.

—¿Quién te imaginas que eres para no llevar ninguna carga? —te pregunta.

—Nadie me ha dado nada para llevar, señor —le dices.

—Llámame *capitán Márquez* —dice él.

Toma un fardo de una de las indias.

—¡Lleva esto! —sigue diciendo—. Ahora te ganas tu manutención.

Tratas de caminar con el paquete sobre la espalda. Es terriblemente pesado.

Confiando en averiguar algo más sobre esta expedición, te adelantas en la fila. Allí, encabezando el grupo, ves un negro corpulento transportado en una litera por cuatro indios, y dos galgos corriendo delante de él. Es Esteban. Tiene un aspecto realmente magnífico.

Te sientes orgulloso de él, y quisieras decírselo. Pero no estás seguro de si tienes que dejarte ver. ¿Cómo podrías explicarle que sigues siendo igual que hace diez años?

Detrás de Esteban, ves a alguien que habla en voz baja con el capitán Márquez. Reconoces a fray Marcos, el fraile a quien viste en el palacio de Tenochtitlán. Tratas de oír lo que dice mientras observa a Esteban.

–¡Miradle! –dice–. ¡Un salvaje, dirigiéndonos! ¡Se jacta ante nosotros de su libertad!

–Los indios parecen respetarle –dice el capitán.

–Lo sé –añade Marcos–. Aquí estamos completamente en sus manos. Esos pimas harán cuanto él les diga.

Tu sigues adelante, esperando que Esteban sepa cómo defenderse del enemigo que tiene en fray Marcos.

Pronto llega la expedición a las afueras de una aldea india. Los moradores de la aldea salen de sus chozas. Cuando ven a Esteban, se postran ante él. Esteban baja de la litera y sacude una sonaja de cobre sobre sus cabezas. Una mujer se acerca a él.

–¡Hechicero! –exclama–. Estoy enferma del estómago. ¿Puedes curarme?

Se arrodilla delante de él.

–Trataré de ejercer la magia que ha curado a otros indios a lo largo del camino –dice Esteban.

Sacude la sonaja y hace la señal de la cruz sobre la mujer, mientras murmura algo inaudible.

Ella se levanta, sonríe y le besa la mano.

—¡El dolor se está aliviando! —exclama—. Amigos pimas y extranjeros, sed bien venidos a nuestra aldea. ¡Traed comida para todos los viajeros!

Descargas el espantoso bulto de tu espalda y te pones en fila para recibir la sabrosa comida de pan de maíz y alubias. Pero Esteban en seguida ordena:

—¡Preparaos para continuar la marcha!

—¿Ya? —se lamenta fray Marcos—. ¡Vamos, Esteban!

—Ven con nosotros, Esteban —dice el capitán—, donde podamos hablar en privado.

Una vez más, te acercas disimuladamente para escuchar.

—Mira, Esteban —dice el fraile—. Yo no soy tan joven como tú. Creo que sería mejor que nos separásemos. Pasa tú delante y nosotros te seguiremos más despacio. Te daré unos cuantos indios para que te sirvan, y tú nos informarás por medio de alguno de ellos de lo que vayas descubriendo.

»Si encuentras las Siete Ciudades y no son más que pobres aldeas pimas, envíanos una cruz de madera del tamaño de una mano. Si son lugares realmente ricos, como se dice, entonces envíanos una cruz más grande, digamos del tamaño de dos manos. El mensajero indio tiene que darnos una información completa de lo que tú veas. Entonces sabremos si debemos seguir adelante o no. ¿De acuerdo?

Esteban mira a fray Marcos y sonríe.

—Os molesta ver que yo, un esclavo, actúo como un hombre libre, ¿verdad? —pregunta—. Bueno, no tendréis que preocuparos más. Estoy de acuerdo. Partiré esta noche con mi grupo de hombres.

El grupo de Esteban se prepara rápidamente para salir de la aldea india. Si saber qué hacer, tú esperas

entre la gente y observas su partida. Esteban monta a caballo y mira a la multitud con atención.

—¡Joven! —grita, señalándote con un dedo—. Sí, tú, ¡el único semblante amistoso entre todos esos soldados! —Avanzas despacio hacia él—. ¿No te conozco de alguna parte?

Estás a punto de decir algo cuando el capitán Márquez, el de ojos rasgados, te agarra de ambos brazos.

—Ya tienes bastantes hombres, Esteban —dice—. Así que ¡en marcha!

—Sí, señor —afirma Esteban, haciendo una mueca. Después te sonríe brevemente—. Queda en paz, amigo mío —concluye, y se aleja majestuosamente a caballo, precedido de sus galgos.

Avanza unos cuantos días para ver si Esteban envía algún mensaje.

Pasa a la página 69.

MIRAS a tu alrededor para asegurarte de que nadie te observa. Entonces trepas rápidamente a un árbol y te deslizas sobre una rama frondosa. ¡Magnífico! Desde aquí puedes ver claramente el interior.

La estancia tiene las paredes blancas y un techo bajo sostenido por vigas. Varios hombres están de pie alrededor de una mesa grande. Uno de ellos vuelve la cara en dirección a ti y algo en ella te parece familiar. Es Andrés Dorantes, el amo de Esteban. Después, el hombre que está junto a él, se vuelve también hacia ti. No puedes dar crédito a tus ojos. ¡Es Esteban! Ha conseguido volver, ¡sano y salvo!

Te sorprende ver cuánto ha cambiado Esteban. Después de todos aquellos años de viajar por tierras salvajes, se ha convertido en un hombre joven. Y no en un hombre joven cualquiera, sino en un tipo apuesto y en plena forma, en alguien con categoría.

–Señor Dorantes, Esteban –dice el gobernador–, os presento a fray Marcos de Niza y a Francisco de Coronado.

¿Ha dicho Coronado? ¿Habrás encontrado al fin al hombre que andas buscando?

Coronado es un hombre de unos treinta años, apuesto y de aire arrogante. Su traje está ricamente bordado; se comporta como un príncipe. El fraile es más viejo y está más gordo.

—Caballeros —empieza el gobernador—, sentaos, por favor. Señor Dorantes, os he pedido que vinieseis con Esteban, no solamente para felicitaros por la sorprendente energía y fortaleza que habéis demostrado al conseguir volver a la civilización, sino para dediros que, recientemente, un indio fue hecho prisionero en la parte septentrional de nuestra colonia. El indio habló a uno de mis oficiales de siete ciudades que están más al norte, en la tierra que vos habéis cruzado al volver hacia nosotros. Señor Dorantes, ¿creéis que pueden ser las legendarias Siete Ciudades de Oro?

—Tengo que confesar que mi esclavo podría informaros mejor que yo —responde Dorantes—. Él aprendió las lenguas indias y actuó de intérprete cuando nos encontramos en tierras salvajes.

—Así me lo han dicho —dice el gobernador—. Bueno, ¿Esteban?

—Excelencia, con frecuencia oí hablar de siete ciudades emplazadas en el norte —explica Esteban—. Los indios siempre hablaban de ellas con gran admiración y decían que eran ciudades muy ricas y muy bellas.

Al oír esto, el gobernador mira con entusiasmo a Coronado y se frota las manos.

—¿Lo veis? —dice. Después se vuelve de nuevo hacia tu amigo—. Ahora, Esteban, el señor Coronado se propone dirigir una gran expedición en busca de estas ciudades. Pero no queremos enviarle a ciegas, sin conocer en absoluto el territorio. Necesitamos alguien que explore primero la zona. ¿Estarías dispuesto a volver al norte con fray Marcos para buscar las Siete Ciudades?

Esteban parece sorprendido por esta petición.

–¡Pero Excelencia! –exclama, resentido, Andrés Dorantes–. ¡Esteban es de *mi* propiedad!

–Desde luego –dice el gobernador–. Y sé muy bien que es una propiedad muy valiosa. Os aseguro que seréis indemnizado. Pero debemos atenernos a lo que es bueno para nuestro país y no solamente para nosotros.

–Sí, señor –gruñe Dorantes.

Ahora habla Esteban:

–Excelencia: Si emprendo esta misión y la concluyo con éxito..., ¿volveré como hombre libre?

–Bueno, esto habrá que verlo, ¿verdad? –dice el gobernador–. Ahora fray Marcos y tú partiréis hacia el norte lo antes posible.

–¿Qué estás haciendo ahí?

Tu susto es tan grande que casi te caes del árbol. Alguien está gritando debajo de ti. Es un soldado español uniformado, sin duda un guardián, que te ha descubierto entre las ramas.

–Así que estabas escuchando lo que se dice en palacio, ¿eh? –te apunta con su arma–. ¡Baja, inmediatamente!

No tienes más remedio que obedecer al guardián. Cuidadosamente, te deslizas por la rama y por el tronco del árbol. Inevitablemente haces ruido al romper una rama muerta, y el soldado te encañona, apoyando el dedo en el gatillo.

–¡No! –gritas.

Caes al suelo, agitando los brazos en el aire. ¡Te has librado por un pelo!

El guardián saca unas esposas de su cinturón y las cierra alrededor de tus muñecas.

—¡Vamos! —dice—. Te meteré en la cárcel. Después, el gobernador decidirá lo que hay que hacer contigo.

Te empuja hacia adelante, pinchándote la espalda con el cañón de su mosquetón. Pronto llegáis a un edificio bajo de piedra, con rejas en las ventanas. El guardián se detiene para hablar con un soldado junto a la entrada.

—¡Otro espía! —dice—. Los enemigos del gobernador parecen estar por todas partes.

Si tienes la ganzúa, ahora es el momento de abrir las esposas, esconderte en un lugar del edificio y avanzar unas cuantas semanas para unirte a la expedición de Esteban. Si no tienes la ganzúa, debes seguir al guardián e ir a la cárcel.

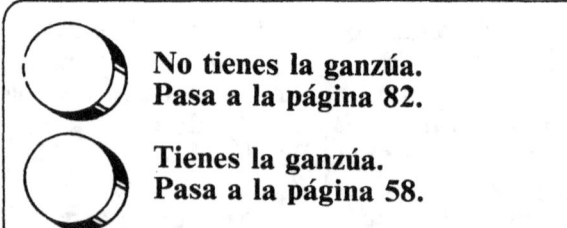

**No tienes la ganzúa.
Pasa a la página 82.**

**Tienes la ganzúa.
Pasa a la página 58.**

Tú y el grupo de fray Marcos estáis cruzando trabajosamente un desierto. El calor del sol es insoportable. No estás seguro de poder llegar muy lejos antes de que te flaqueen las piernas. Las mujeres indias te asombran. Parecen llevar sus cargas sin el menor esfuerzo.

−¡Hurra! −grita cerca de ti un soldado−. ¡Por fin llegamos a una aldea!

Delante de ti, ves una serie de casas de adobe a la sombra de una formación rocosa.

Aparecen varios indios.

−¡Sed bien venidos, viajeros! −exclama un anciano−. El hechicero negro, que pasó por aquí, nos dijo que os esperásemos. Dejad vuestros fardos y os daremos de comer.

−Compañía, ¡alto! −grita el fraile.

Incluso antes de que podamos dejar en el suelo nuestra carga, toma lo que ofrece uno de los indios y empieza a comer desaforadamente.

Un muchacho indio, de cara redonda, te trae un cuenco de carne con alubias.

−Gracias −le dices−. ¿Puedes decirme cuántos días hace que pasó por aquí el hechicero?

–Tres o cuatro –responde el chico.

De pronto, grita fray Marcos:

–¡Mirad! ¡Mirad!

Y señala ansiosamente. Un grupo de hombres se acerca despacio a la aldea. Traen una cruz de madera, toscamente tallada... y alta como un hombre.

Todos se agrupan alrededor de los mensajeros, que depositan la enorme cruz en el suelo.

–¿La encontró? –grita el fraile–. ¿Encontró Esteban una de las Siete Ciudades?

Uno de los indios asiente con la cabeza y jadea.

–Es una vista asombrosa. Casas de muchos pisos. ¡Turquesas y riqueza en todas partes!

El fraile palmotea entusiasmado.

Pero el capitán parece escéptico ante el mensaje de Esteban.

–¿Veis alguna prueba? ¿Oro, o alguna joya? ¡Lo único que nos trae es una ridícula cruz de madera! El otro día, desconfiabais de todo lo que decía el esclavo. Ahora estáis ansioso de creerle. ¡Os estáis comportando como un tonto ingenuo!

Mientras el fraile y el capitán discuten, ves un hombre sentado a pocos pasos de ti, que está escribiendo. Te acercas a él.

–Hola, ¿en qué estáis trabajando? –le preguntas.

–Estoy escribiendo una crónica de este viaje. Es mi oficio. Me llamo Pedro Castañeda.

–¿Creéis que Esteban ha encontrado realmente las Siete Ciudades? –le preguntas.

–Tal vez sí –dice Castañeda–. Pero creo que hubiese debido esperar a que le alcanzásemos. Ese esclavo es demasiado orgulloso.

–Si es orgulloso –le respondes–, es porque ha sido maltratado durante mucho tiempo.

Castañeda sonríe.

–Tal vez tienes razón –añade.

–Bueno, desde luego estoy dispuesto a seguir a Esteban –dice el capitán–. Sólo pienso que no deberíamos atolondrarnos. –Llama a sus soldados–. ¡Preparaos! ¡Vamos a reemprender la marcha!

Cuando pasa por tu lado, Márquez se detiene y te mira echando chispas por los ojos.

Te apresuras a recoger tu fardo. El capitán te sigue.

–¿Sabes una cosa? –dice, mientras te mira con rabia–. ¡Harás bien en andarte con cuidado!

Ahora, cuando nadie te observa, debes tomar una decisión. Tienes tres alternativas. Puedes continuar en la expedición del fraile; avanzar para reunirte con Esteban, o volver a Tenochtitlán dentro de un año, cuando haya terminado la expedición.

Sigues al fraile.
Pasa a la página 73.

Avanzas para encontrar a Esteban.
Pasa a la página 81.

Vuelves a Tenochtitlán.
Pasa a la página 76.

HA pasado un día desde que el capitán te eligió para su expedición. Ahora cabalgas en el poney moteado. Delante de ti, allá en lo alto, ves otro pueblo. Se parece un poco a Hawikuh, pero es mucho más pequeño.

En cuanto se acercan los hombres del capitán, un grupo de indios baja del pueblo. De nuevo trazan una línea con harina de maíz.

—¡Dejadnos en paz! —dice uno de ellos.

Esta vez, el capitán no se molesta siquiera en cruzar la línea de harina de maíz.

—¿Qué importa lo que digan esas sabandijas? ¡Fuego! —grita.

Los soldados disparan, matando a uno de los indios. Tú te quedas plantado allí, sin poder hacer nada.

—¡Adelante, hombres! —grita el capitán—. Pero tened cuidado. No podemos fiarnos de esas víboras indias.

Lentamente, con las espadas desenvainadas, los españoles se acercan al pueblo y trepan por las escalas. Pero en ninguna parte hay zuñis. Parece que han huido por algún camino disimulado. Tampoco hay rastro de oro.

Después de buscar y buscar durante más de una hora, el capitán reúne a sus hombres.

—Reemprendemos la marcha —dice—. ¡Este lugar no vale la pena!

Pasa a la página 107.

AN transcurrido pocas semanas. Estás en medio del desierto, con el fraile y sus acompañantes. Márquez, al frente de la comitiva, discute con el fraile. El viento sopla furiosamente. La arena te azota la cara. Todos caminan con cuidado, midiendo los pasos, sin saber adónde ir.

Ves al cronista Castañeda cerca de ti.

—¿Dónde has estado, amigo? —te pregunta—. Hacía algún tiempo que no te veía.

—¡Oh! He estado rondando por ahí —respondes, evasivamente, y Castañeda parece creerte—. Decidme, ¿cómo sabemos adónde vamos? —le preguntas.

—No lo sabemos —dice Castañeda—. Pero al fraile se le ha metido en la cabeza que estamos cerca de las Siete Ciudades. Piensa que las ve a lo lejos. Yo creo que no puede ver nada a más de dos palmos de sus narices. ¿Qué podrá ver a una distancia de varias millas?

De pronto, oyes un revuelo en la vanguardia de la expedición. Un indio pima surge entre los remolinos del viento. Todos le rodean.

—¡Esteban! —dice, jadeando.

Casi no puede tenerse en pie

—¿Y bien? —dice el fraile, con impaciencia—. ¿Qué noticias traes?

Por último, el mensajero recobra el aliento y dice:

–¡Ha sido horrible! Indios malos..., flechas..., ¡muchos hombres muertos!

–¿Un ataque? –pregunta el fraile, súbitamente alarmado–. ¿Ha habido un ataque? –El mensajero asiente vigorosamente con la cabeza. El fraile parece presa del pánico–. ¿Vienen los indios en nuestra busca? –pregunta.

–No lo sé –responde el mensajero.

El fraile, aterrorizado, mira a su alrededor. El viento sopla todavía con más fuerza. La arena es como una cortina móvil a nuestro alrededor.

–¿Debemos retirarnos? –pregunta Márquez, que también parece asustado.

–¡Sí! –dice el fraile–. ¡Retirémonos! ¡Volvamos a México! No tenemos bastantes hombres para luchar contra esos indios.

De pronto, se queda petrificado.

–¡Esperad un momento! –grita–. ¿Qué ha sido eso...? Sí, ¡una flecha! ¡Rápido! ¡Se están acercando! ¡Los indios nos atacan! ¡Empuñad todos las armas y disparad! *¡Fuego!*

Tú no ves ninguna flecha ni oyes su silbido. Pero el miedo del fraile es contagioso. Los españoles y los indios empuñan sus mosquetones y disparan entre los torbellinos de arena. Vuelan las balas en todas direcciones.

¡Tienes que salir rápidamente de aquí! Ahora que nadie te mira, ¡ponte a salvo!

Pasa a la página 50.

Estás en las afueras de Tenochtitlán en el año de 1540. Delante de ti, reina gran actividad. Ves en todas partes soldados de brillantes uniformes, indios transportando comestibles y piezas de artillería, y mujeres indias con odres de agua sobre los hombros. Una expedición se dispone a partir, y ésta es muy numerosa, mucho más que el grupo que condujo Esteban.

—¿Vas a cabalgar con el capitán Coronado? —te pregunta un mozo de cuadra que está cerca de ti.

—¿Coronado? —dices—. Sí. Sí, voy a ir con él.

—Entonces, ¿dónde está tu caballo?

Tú no sabes qué decirle.

—Yo... no tengo caballo.

—Está bien —añade el mozo, conduciéndote al sitio donde se halla un poney moteado—. No puedes ir con Coronado a menos que tengas un caballo.

—Gracias —le respondes, montando sobre el poney con más entusiasmo que elegancia.

Tardas un minuto en dominar al caballo. Allá adelante, descubres a fray Marcos con dos hombres a los que habías conocido un año atrás: el explorador Coronado y el gobernador Mendoza. Tiras de las riendas para acercarte a aquellos hombres.

Aunque parezca extraño, ¡el poney te obedece! Haces que se detenga a unas pocas yardas de Coronado.

–Que tengáis un buen viaje y que sea fructífero –dice el gobernador–. Y que Dios os conduzca pronto aquí de nuevo, y podáis contarnos milagros más grandes que los que refirió Cortés cuando descubrió Tenochtitlán. Fray Marcos, antes de partir, decidnos una vez más cómo eran las Siete Ciudades.

–Ciertamente, gobernador –dice fray Marcos–. Eran mucho más grandes que la bella ciudad en la que nos hallamos, y las piedras preciosas y el oro brillan por todas partes. Aquellas ciudades se alzaban casi hasta el cielo y eran tan hermosas como debe de serlo la Gloria.

Fray Marcos parece estar recitando un cuento que él mismo ha inventado. Tú no crees una palabra de lo que dice. Pero el gobernador asiente con la cabeza, satisfecho.

–Id en paz y que tengáis suerte –dice.

Hace dar la vuelta a su caballo y se dirige a Tenochtitlán.

–De frente, ¡en marcha! –grita Coronado, y cabalga hacia las montañas.

Todos le siguen. La gran expedición ha comenzado.

Ahora te cuesta dominar a tu poney. Choca contra la grupa de otro caballo. El jinete se vuelve y te fulmina con la mirada. ¡Es nada menos que el capitán Márquez!

–¡Bien, bien! –dice–. Mi viejo amigo, dispuesto para otro viaje. ¿No sabes cuál es tu sitio, idiota? –grita–. ¡Ponte en fila!

Consigues hacer retroceder tu poney. Miras a la persona que está a tu lado y ves una cara conocida.

Es Pedro Castañeda, el historiador. Te saluda amigablemente.

—Ya veo que vuelves a las andadas —dice.

—Sí. Y vos también —le respondes.

—Siempre tiene que haber alguien que escriba crónicas para el futuro —añade, sonriendo, Castañeda.

Piensas que tiene toda la razón, pues, de no ser así, ¿quién podría saber, en el siglo XX, que existió Coronado?

—Decidme una cosa —preguntas a Castañeda—. ¿Creéis que existen realmente las Siete Ciudades de Oro?

—No lo sé —responde sinceramente Castañeda—. Fray Marcos se ha convencido de que las vio en realidad, y nadie se atreve a contradecirle. Yo no vi nada. Pero sé que tiene que haber ciudades en el lejano desierto. ¡*Tiene* que haberlas!

—¿Lo sabéis porque lo dijo Esteban? —preguntas. Castañeda te mira y asiente con la cabeza. También él confía en Esteban más que en el fraile—. ¿Qué creéis que le sucedió a Esteban? —sigues diciendo.

—El mensajero contó una historia muy triste al regresar —dice Castañeda—. Afirmó que Esteban había enviado su sonaja a una de las Siete Ciudades. El jefe de aquellos indios miró la sonaja y se enfadó mucho, porque pertenecía a una tribu enemiga. Entonces prohibió a Esteban y a sus hombres la entrada en la ciudad. Pero Esteban se había confiado demasiado. Él y sus hombres entraron a caballo en la ciudad.

»Los indios atacaron en seguida. Esteban luchó como un valiente, pero nadie, salvo aquel mensajero, consiguió escapar.»

—Entonces, Esteban está...

–Muerto –dice el historiador–. Sí, temo que ésta sea la verdad. –Suspira–. Bueno, tardaremos dos o tres meses en llegar a la ciudades descubiertas por Esteban. Será mejor que adoptemos una actitud positiva.

–Sí, señor –dices.

Pero no tienes la menor intención de viajar durante dos o tres meses, si puedes estar allí en un abrir y cerrar de ojos. Refrenas tu caballo y, gradualmente, te apartas de la fila. Descabalgas con cuidado y das una palmada en la grupa del animal para que siga adelante.

Ahora estás solo y en libertad para viajar en el tiempo. ¿Qué ha dicho Castañeda? Que el viaje durará dos o tres meses. Salta al país del norte dentro de tres meses.

Pasa a la página 89.

ESTÁS en un desierto. Cerca de ti, a la sombra de un peñasco, cinco indios pima están pelando unas ramas.

–Disculpadme –dices–. Vengo de la expedición de fray Marcos para reunirme con Esteban.

–Ha ido a hablar con los ancianos de otra tribu –responde uno de los indios.

–¿Qué tribu?

El indio se encoge de hombros.

– No son pimas, y no confío en ellos.

Oyes el ruido de alguien que corre. Un pima sale de detrás del peñasco.

–¡Corred! –grita–. ¡Corred, por vuestras vidas! ¡Están sedientos de sangre!

Los pimas se levantan de un salto y echan a correr. No muy lejos, ves indios de otra tribu que avanzan en tu dirección.

¿Están furiosos? Será mejor que no esperes a verlo.

Tienes que esconderte detrás del peñasco y saltar. Pero, ¿adónde? ¿Debes volver junto a fray Marcos y el capitán, o avanzar hasta la expedición de Coronado?

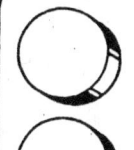

Te reúnes con Marcos.
Pasa a la página 73.

Vas al encuentro de Coronado.
Pasa a la página 76.

EL guardián te conduce al bajo edificio de piedra, te empuja a lo largo del pasillo y te obliga a descender por una escalera. La oscuridad es grande; no puedes ver nada.

Al cabo de un momento, tus ojos se adaptan a la débil luz. Ves que estás en un pozo de piedra, con una docena de individuos con aspecto de facinerosos.

–Bueno, bueno –dice un hombre con costras rojas en la cara–. ¡Mirad qué joven inocente nos ha traído el destino!

Los presos lanzan fuertes risotadas.

De pronto, sientes algo que se arrastra sobre tus piernas. Lanzas un grito ahogado y pegas un salto.

–No tienes que asustarte –dice el hombre de las costras–. Es nuestra mascota. Nuestra rata.

Precisamente entonces, el carcelero abre la puerta de la mazmorra.

–Escuchad, sabandijas –dice–. Tengo que haceros un ofrecimiento. Una expedición está a punto de partir hacia unas tierras nuevas y peligrosas. Si alguno de vosotros quiere abreviar su encierro presentándose como voluntario, puede que le deje salir. Pero os advierto que no será fácil.

Tú estás ansioso por salir de la cárcel. ¿Debes ofrecerte voluntario para la expedición o saltar mientras todos están vueltos de espalda?

Saltas lejos de aquí.
Pasa a la página 52.

Te ofreces voluntario para
la expedición.
Pasa a la página 58.

ESTÁS al pie de Hawi-kuh, la ciudad zuñi donde vive Quatsia. Como han pasado dos meses, esperas que el abuelo de Quatsia pueda darte información sobre las Siete Ciudades de Oro o, al menos, sobre Esteban o Coronado.

Caminas hasta el pie de la escalera del pueblo de Quatsia.

—¡Extranjero! —grita alguien. Ves un indio alto delante de ti; parece hosco y amenazador—. Tú no eres zuñi. ¿Qué derecho tienes a entrar en nuestra ciudad?

—¡Wikvaya! —Es la propia Quatsia, que le llama desde arriba—. No pasa nada. Ese extranjero es un amigo. ¡Sé bienvenido, viajero!

Subes a la casa de Quatsia, seguido de cerca por el hombre. Quatsia te abraza y te presenta a Wikvaya, que es su hermano mayor.

—¡Así que has vuelto para ver a mi abuelo! —dice.

Tú asientes con la cabeza.

—¿Has visto algún extranjero desde que estuve aquí la última vez? —preguntas.

—No —responde Quatsia.

Entonces, Coronado y sus hombres no han pasado todavía por aquí.

–¿Dónde está tu abuelo? –preguntas–. Tengo que hablar con él.

Wikvaya se echa a reír al oír esto.

–¿Crees que es tan fácil hablar con un hombre santo? –pregunta–. Mi abuelo es uno de los más santos.

Quatsia te explica:

–Para los zuñis, no importa que tengas mucha plata o una casa grande, o que seas un guerrero valiente o un gran atleta. Lo que importa es que tu espíritu sea grande y que te muestres amable con tus compañeros indios. Aquí, el santo es quien manda.

–¿No tenéis gobierno? ¿No hay personas con poder? –Quatsia no te comprende y añade:

–El poder viene de los espíritus kachina, encarnados en las máscaras kachina y en los muñecos que hacemos. Los sacerdotes, como mi abuelo, sólo tienen poder porque gozan de la simpatía de los kachinas.

–¿Qué tengo que hacer para ver a vuestro abuelo? –preguntas.

Wikvaya responde:

–El último día de la ceremonia del solsticio, bajará de su retiro en la meseta sagrada. Entonces, si descubre que eres espiritual y amigo de los zuñis, hablará contigo y contestará a todas tus preguntas. Ahora, deja que te muestre nuestro pueblo.

Con Wikvaya como guía, das una vuelta por Hawikuh, la ciudad-pueblo. Ves las casas que parecen cuevas, frescas, incluso bajo el tórrido sol; las cámaras subterráneas a las que Wikvaya llama kivas y que son empleadas para las ceremonias religiosas, y las tierras aledañas, donde los zuñis cultivan maíz, algodón y alubias.

–La vida zuñi está muy bien organizada –explica Wikvaya–. Hay sociedades de hechiceros, de guerreros, de cazadores e incluso de payasos. Yo pertenezco a la sociedad de danzantes. Cada una de ellas tiene funciones diferentes. Por ejemplo, la sociedad de hechiceros se encarga de curar a los enfermos.

»Pero hay una cosa por la que rezan todas las sociedades y a la que damos más valor que a todo lo demás: la lluvia. Si no lloviese, no habría cosechas y el pueblo zuñi desaparecería de la faz de la tierra. La ceremonia del solsticio de verano, que dura doce días, es nuestra manera de pedir a los kachinas que traigan la lluvia.

–¡Wikvaya!

Se acerca un joven indio con aire preocupado.

–Hola, Lololma. ¿Qué es ese contratiempo con los navajos del que tanto se habla?

–Yo había recibido como invitados a tres de esos vagabundos. Entonces, cuando me ausenté para cuidar de la cosecha, hurtaron mi máscara kachina y también alguna plata y turquesas. Necesito la máscara para la ceremonia de hoy.

–No te preocupes –dice Wikvaya–. Te prestaré una de las mías.

A Lololma se le ilumina el semblante.

–Gracias, buen amigo. Has disipado mis temores.

Se aleja plácidamente para volver al campo.

–¿No está furioso? –preguntas a Wikvaya.

Éste te mira sorprendido.

–La ira es un sentimiento muy malo –dice–. Cuanto más santo es un hombre, menos siente la ira. Si tú te llevases todos los objetos de valor que tiene mi abuelo, aceptaría el latrocinio como algo que los kachinas han decretado para él.

Por fin termina tu visita a Hawikuh.

—Mañana empieza la ceremonia del solsticio —te explica Wikvaya—. Te unirás a la sociedad de danzantes y conocerás a mi abuelo. —De pronto, parece confuso—. *Has* sido iniciado, ¿verdad? —te pregunta.

—¿Iniciado?

Se esfuerza en explicártelo.

—Cuando un muchacho o una muchacha llega a la mayoría de edad, se celebra un rito de iniciación. Supongo que habrás llevado alguna vez la máscara kachina. Si no es así, si no tienes una máscara, tendrás que pasar esta noche por la iniciación para tomar parte en la ceremonia del solsticio. Si no lo haces, mi abuelo no hablará contigo.

Si has pensado en llevarte una máscara kachina al emprender el viaje, ha llegado el momento de que la muestres. Si no la tienes, tendrás que pasar por el rito de la iniciación.

No tienes la máscara.
Pasa a la página 101.

Tienes la máscara.
Pasa a la página 96.

ESTÁS caminando por un bello desierto. A lo lejos, las montañas proyectan espectaculares sombras azules. No ves rastro alguno de Coronado o de sus hombres.

De pronto, oyes un ruido como de un trueno lejano. Ves tres hombres que cabalgan en el desierto y se acercan cada vez más. No son hombres de Coronado. Son unos muchachos indios, salvajes y de fiero aspecto, con sus largos cabellos ondeando al aire. Echas a correr, pero te han visto. ¡Vienen al galope en dirección hacia ti!

Ves un barranco cerca y decides refugiarte en él. Pero tropiezas con una piedra y caes de bruces.

Los indios te rodean en un santiamén.

–¡Mirad! –dice uno de ellos–. Un torpe viajero de allende los mares. ¡Es un chiquillo! ¡Un cobarde!

Te levantas irritado y te enfrentas con los indios. Tienen cicatrices en la cara y su piel está pintada de vivos colores. Te preguntas si sólo quieren burlarse de ti o si prentenden también hacerte daño.

–¿Qué es eso que llevas, cobarde? –pregunta el muchacho más alto.

–¿Esto? –preguntas, señalando tu jubón.

–¡No, imbécil! Ese metal que brilla bajo el sol. –Señalas, indeciso, la ligera cota de malla–. Sí, esto –dice el indio–. Dámelo y tal vez decida no matarte.

¿Matarte? Ves que el indio agarra un arco y una flecha. Te quitas rápidamente la cota de malla y se la das.

El indio la toma y ríe.

–¡Mirad! –exclama–. ¡Al conejito le tiembla la pata!

Los otros indios ríen también. Entonces, el más alto da una palmada a su caballo. Se alejan al galope y desaparecen con la misma rapidez con que habían aparecido.

Lanzas un profundo suspiro de alivio. Pero, en cuanto te vuelves, ves otro indio que sale de detrás de una roca. Esta vez el indio es una muchacha. Empiezas a correr, pero ella te grita:

–¡Espera, que soy tu amiga!

Dejas de correr y te vuelves en redondo. La muchacha india se acerta a ti y sonríe. Lleva una capa de algodón sobre sus hombros y unas botas de gamuza que le llegan hasta las rodillas. Sus cabellos están recogidos con rodetes sobre las orejas.

–¿Estás bien? –pregunta–. ¿Te han hecho daño?

–Estoy bien –respondes.

Ella te mira un momento con interés.

—Nunca había visto una persona del otro lado del mar —dice ella—. Vamos, ven conmigo.

Caminas con la muchacha en dirección a las formaciones rocosas.

—No me gusta el sentido del humor de tus amigos —dices.

—¡Oh, esos no son amigos míos! —replica la muchacha—. Son gente nueva, navajos, que vinieron hace algunos años a este territorio. Pero pareces hambriento y sediento. ¿Por qué no vienes conmigo a mi pueblo, Hawikuh?, está muy cerca.

Aceptas y, mientras andáis, la chica habla sobre sí misma.

—Me llamo Quatsia y mi tribu es la zuñi. He estado recogiendo vástagos de sauce que mi hermano convertirá en palos de oración.

—¿Para qué son los palos de oración? —preguntas.

Quatsia parece sorprendida.

—Los palos de oración son para..., bueno, para casi todo. Para el ritual de verano y el de invierno, para las danzas kachina y para las sociedades de hechiceros. El pueblo zuñi adora casi todos los aspectos del mundo, ¿sabes?

De pronto tuerces por un recodo rocoso. Una vista maravillosa se ofrece a tus ojos. El sol brilla sobre una bella y antigua ciudad emplazada en la falda de una colina. Las casas, de adobe, están superpuestas, con escaleras para subir y bajar.

—¿Cómo has dicho que se llama este lugar? —preguntas.

—Hawikuh. Es el nombre de mi pueblo.

Te preguntas si todos los zuñis son tan amables como parece esta muchacha; y si Esteban se detendría aquí, o si habría ya muerto a manos de los zuñis. Piensas: «¿Habrá oro aquí? ¿Será ésta una de las Siete Ciudades que buscas desde hace tanto tiempo?»

La muchacha te conduce, después de subir varias escaleras, a la agradable sombra de una casa cavernosa, de suelo y paredes de barro y techo bajo de madera. Hay una pequeña cocina, y unos poyos o asientos empotrados en las paredes. Una mujer mayor, que viste una linda capa como la de Quatsia, está muy atareada preparando lo que parece una sabrosa comida.

–Bienvenido a la casa de mi madre –dice Quatsia.

–Siéntate, por favor –dice la madre de la chica–. ¿Quieres comer algo?

Aceptas la amable invitación de la mujer.

Quatsia se sienta en cuclillas en el suelo y tú la imitas.

–¿Está muerto tu padre? –le preguntas.

Ella te mira, muy sorprendida.

–No –responde–. ¿Por qué?

–Has dicho que ésta era la casa de tu madre.

–Y es verdad –dice Quatsia–. Aquí, toda la propiedad es de las mujeres. ¿No es igual en el país del que tú vienes?

–Desde luego que no. Los hombres lo poseen prácticamente todo. Bueno, recientemente, las mujeres han conseguido un poco más de categoría, pero...

Te interrumpes. Quatsia te está mirando como si fueses un tipo muy raro.

–Pan tierno de maíz y alubias –anuncia su madre, poniendo un plato delante de ti–. Espero que te guste, viajero.

Estás hambriento. La comida es deliciosa y la devoras en un abrir y cerrar de ojos.

–Dime –preguntas–. ¿Has visto recientemente otros viajeros aparte de mí?

–Hace mucho tiempo que no; sólo antes de las nevadas, cuando los días eran largos, pasaron unos –dice Quatsia.

Por consiguiente, Coronado no ha pasado todavía por aquí. Pero vino alguien el último verano.

–¿Viste a un hombre negro? –preguntas.

–¿Un hombre negro con una sonaja? –dice Quatsia. Asientes con la cabeza–. Oí decir que estuvo aquí. Pero su sonaja era maligna. Procedía de una tribu que es nuestra acérrima enemiga.

–¿Sabes qué fue de aquel hombre? –preguntas distraidamente para evitar que Quatsia piense mal de ti.

–No, no lo sé. ¿Por qué?

Vacilas un momento y decides contarle la verdad.

–Estoy buscando una ciudad..., en realidad siete ciudades, que son muy ricas y están pavimentadas de oro. ¿Has oído alguna vez hablar de ellas?

Quatsia piensa y sacude la cabeza.

–Deberías hablar con mi abuelo –dice–. Él sabe muchas cosas.

–¿Qué quieres decir? –preguntas.

–Que sabe todo lo que pasa en los pueblos de los zuñis. Ha viajado mucho y debe saber si existen ciudades como las que tú describes. Los dioses kachina, los espíritus del universo, le han otorgado una gran visión y mucha inteligencia.

–¿Puedes llevarme hasta él? –preguntas, y te pones en pie, disponiéndote a salir.

–¡No! –ríe Quatsia– Es un gran sacerdote y se encuentra lejos de aquí, en silencioso retiro. Si quieres verle, tendrás que esperar mucho tiempo, hasta los días más largos.

Esto sería en julio, dentro de un par de meses.

—Tengo que reunirme con mi gente —dices a Quatsia—. Gracias por la comida. Si puedo, volveré para ver a tu abuelo.

Sales de la casa de Quatsia y bajas las escaleras del pueblo. Cuando llegas abajo, estás solo. Tienes que tomar una decisión. ¿Avanzaràs hasta julio para ver al abuelo de Quatsia, o retrocederás un año para ver si puedes encontrar a Esteban?

**Retrocedes un año.
Pasa a la página 81.**

**Avanzas hasta julio.
Pasa a la página 84.**

DESPUÉS de una noche de sueño saludable, te despiertas en el suelo de la casa de Wikvaya y Quatsia. Es temprano, pero el aire es ya más cálido. Wikvaya sale de otra habitación, con su máscara kachina y sus palos de oración.

—¿Todavía no te has levantado? —dice—. ¡Vamos!

Momentos más tarde bajas con él la escalera hasta el terreno llano del pueblo. Ves a otros jóvenes que caminan hacia el este, hacia el sol naciente, llevando máscaras kachina.

—¿Adónde vamos? —preguntas.

—Al lago sagrado, que está bajando de nivel debido a la sequía —dice Wikvaya—. Es donde se celebrará la ceremonia.

Sigues a Wikvaya durante un largo trecho a través del desierto, caminando por el lecho seco de un río, hasta un lugar oculto entre dos montes de cumbre plana o mesetas, según las llama Wikvaya. Allí ves un espectáculo maravilloso: indios zuñís, de muchas sociedades diferentes, que llevan grandes máscaras, están de pie formando un círculo. Tú te pones tu máscara y te unes a ellos, que esperan el inicio de la ceremonia.

—Recuerda —te dice Wikvaya— que eres miembro de mi sociedad de danzantes. Tendrás que bailar con nosotros.

—¿Cuándo vendrá tu abuelo? —le preguntas.

—Pronto —dice Wikvaya.

Ahora, un sacerdote anciano empieza a recitar una oración al sol:

«Este día, padre sol,
Vienes decidido
A tu santa morada,
Donde encontramos nuestra sagrada primavera.»

El viejo sacerdote traza un círculo en el suelo con negra harina de maíz; es su ofrenda al dios sol. Termina su oración pidiendo lluvia, como una bendición para su pueblo. Después se retira del círculo.

Ahora es el turno de la sociedad de cazadores. Varios sacerdotes entran en el círculo.

—¡Que la caza sea abundante! —salmodian—. ¡Que nuestras flechas sean veloces y afiladas!

Oyes el ruido de alguien que se acerca y te vuelves esperando que sea el abuelo de Wikvaya. Pero no lo es. Sólo es Lololma, el amigo de Wikvaya, que parece estar muy excitado. Murmura algo a Wikvaya. Éste, sin interrumpir la ceremonia, se aparta del círculo y busca a un anciano.

Ahora, Wikvaya y el viejo se acercan a ti. Parecen muy inquietos. Te reúnes con ellos.

—¿Qué pasa? —preguntas.

—Hay otros extranjeros —dice Wikvaya—. Hombres de otras tierras. No podemos permitir que interrumpan nuestra ceremonia. Si lo hiciesen, no tendríamos lluvia la próxima estación.

¿Será Coronado con su expedición? Vuelves rápidamente a Hawikuh, corriendo lo más que puedes. Por fin ves la ciudad-pueblo.

Pero es demasiado tarde. Los hombres de Coronado están ya al pie de la colina donde está emplazada la ciudad. Ahora, al acercarte, ves que muchos indios salen de la ciudad zuñi. Armados con arcos y flechas, se alinean delante de Coronado y derraman negra harina de maíz en el suelo formando una barrera entre ellos. Tú sabes, por la ceremonia del solsticio, que la harina de maíz es algo sagrado para los zuñi. Pero Coronado no lo sabe.

Los indios miran a Coronado a los ojos.

—Os pedimos, viajeros, que sigáis vuestro camino —dice uno de ellos—. No crucéis nuestra barrera. No trastornéis nuestras vidas.

Incapaz de comprender aquel lenguaje, Coronado consulta en voz baja a fray Marcos y después se vuelve a sus hombres.

—No debemos mostrar miedo —dice—. Entremos en esa bella ciudad.

Coronado y tres soldados cruzan la línea de harina de maíz.

—¡No! —gritas tú—. ¡La harina de maíz es sagrada!

De pronto, vuelan flechas y silban balas. No sabrías decir quién disparó primero. Lo cierto es que ha empezado una batalla.

Uno de los hombres de Coronado pone un pesado mosquetón en tus maños.

—¡No te quedes ahí plantado! —grita—. ¡Dispara!

Ciertamente, tú no vas a disparar contra estos indios. ¡Son tus amigos! Pero nada puedes hacer para impedir lo que sucede. «Que puedan los zuñis terminar su ceremonia a pesar de Coronado», rezas.

Con los indios lanzando flechas delante de ti y los soldados disparando armas detrás de ti, tienes que tomar rápidamente una decisión. Corres a esconderte detrás del flanco de un caballo. Aquí estás a salvo, pero sólo de momento. Avanza unas pocas horas y habrá terminado la batalla.

Pasa a la página 105.

TE citas con Wikvaya al pie de Hawikuh. La luna llena de verano brilla en lo alto, mientras esperas que aquél te conduzca a la ceremonia de iniciación.

Wikvaya te precede al subir las escaleras que llevan a la ciudad.

–¿Ves esta trampa? –dice, señalando un agujero en un gran tejado–. Se abre a la *kiva*. Bajarás a la *kiva* sin mí. Allí encontrarás a otros iniciados. Sígueles. Haz lo que hagan ellos. Aunque la ceremonia es espeluznante, no temas nada. Ve, y haz lo que digan los sacerdotes kachina.

Bajas por una escalera a una gran habitación vacía de muebles, con el suelo de tierra apisonada. Allí te sientas junto a seis silenciosos adolescentes. El muchacho que está junto a ti parece tan asustado como tú. Tratas de recordar lo que te han contado sobre ceremonias indias como ésta. ¿Te torturarán? Sólo puedes esperar a ver lo que pasa.

Unos hombres bajan por la escalera a la *kiva*. Son los sacerdotes kachina, que no son hombres sino criaturas semihumanas. Se cubren la cara con enormes máscaras pintadas. Todos ellos llevan látigos.

Los sacerdotes kachina, al entrar en la habitación, prorrumpen en gritos fantásticos, salvajes. Empiezan a danzar delante de ti, acercando sus espantosas caras a la tuya.

Los adolescentes que están contigo chillan aterrorizados. Tú gritas también, contento de no tener que disimular tu miedo. Sea lo que fuere esta ceremonia zuñi, no parece ser una prueba de bravura.

Por último, los sacerdotes kachina dejan de danzar y se sientan en una repisa de la pared, delante de ti. Empuñan sus látigos. ¡Oh, no! ¿Van a azotaros de veras?

Ahora, cada uno de vosotros se levanta y se arrodilla entre las rodillas de un sacerdote kachina. Su burlona máscara de un rojo brillante, te mira furiosamente desde arriba. Tus dientes castañetean, temeroso de lo que imaginas que va a ocurrir.

Oyes los chasquidos de los látigos, pero lo único que sientes es un ligero escozor. De nuevo restalla el látigo y apenas te toca. Estos sacerdotes pueden parecer terroríficos, pero no quieren hacerte daño.

Te sientes aliviado, mas como los otros chicos lloran, tú lloras también. De pronto, todo ha terminado. El sacerdote te hace una seña para que te levantes, y vuelvas a tu sitio con los otros seis muchachos. Os sentáis en una estrecha repisa.

Los sacerdotes se quitan las máscaras y descubren rostros de bondadoso aspecto. Pasan a vuestro lado.

—Ahora te toca a ti —dice el viejo que tienes delante, mientras te tiende su máscara burlona.

Tú y los otros muchachos os ponéis las máscaras. Los sacerdotes os entregan sus látigos y se arrodillan delante de vosotros.

Cada uno empieza a azotar al sacerdote kachina que tiene delante. Tú lo haces también, pero cuidando con pegar demasiado fuerte.

Al cabo de un momento, cesa la flagelación y los sacerdotes se levantan. Uno de ellos se adelanta para hablar.

—Ahora sois adultos —dice—, limpios de todos los malos espíritus. Podéis tomar parte en los rituales zuñi.

Sigues a los otros escaleras arriba y sales de la *kiva*. Te sientes aliviado. Has sido iniciado. Seguramente, el abuelo de Wikvaya te contará mañana todo lo referente a las Siete Ciudades.

—Buenas noches —te grita un muchacho—. Hasta mañana.

—¡Buenas noches!

Encuentras el camino de la casa de Wikvaya, donde te está esperando una cama caliente.

Pasa a la página 96.

EالسTÁS en el llano, delante del pueblo de Hawikuh. Los hombres de Coronado se están sacudiendo el polvo y curando a los heridos. Parece que han ganado la batalla. Hay un grupo de soldados alrededor de un hombre caído. Es Coronado. El ástil de una flecha sobresale de una de sus piernas.

—No será nada —dice, haciendo una mueca de dolor—. Ayudadme a subir a esa ciudad. ¡Es posible que hayamos encontrado el oro que estábamos buscando!

Con la ayuda de unos soldados, Coronado llega cojeando al pie del pueblo y empieza a subir las escaleras. Tú le sigues, preguntándote qué habrá sido de todos los zuñis. Por lo visto, han desaparecido.

Cuando los soldados no te miran, te metes en la casa de Quatsia.

—¡Quatsia! —llamas.

Pero allí no hay nadie.

—¡Todos a formar! —grita Coronado a sus hombres, en el exterior.

Sales de la casa y ves al capitán de pie en un tejado, apoyándose en el fraile.

–¡Amigos exploradores! –dice débilmente. ¡Quizá lo hayamos encontrado! Ésta podría ser la primera de las Siete Ciudades que descubrió el esclavo Esteban. Aquí no hay oro, pero confío en que acabaremos por encontrarlo.

¿Tendrá razón Coronado al creer que Hawikuh es una de las Siete Ciudades? Si la tiene, ¿es ésta su capital?

–Mañana –prosigue Coronado– el capitán Márquez, al frente de una expedición, irá a explorar la zona, mientras, algunos de nosotros descansaremos aquí. Tenemos noticia de otras seis ciudades en la región que coinciden con las antiguas descripciones. El capitán y sus hombres buscarán estas ciudades.

Mientras tanto, el capitán Márquez empieza a elegir entre los soldados que le rodean. Dentro de un momento, mirará en dirección hacia ti. Tú quisieras encontrar el viejo sacerdote zuñi, el abuelo de Wikvaya. Pero no sabes adónde han ido los zuñis, y tal vez no serías bien recibido si los encontrases.

¿Permitirás que el capitán te elija para la expedición a las otras ciudades, o avanzarás seis meses para ver cómo será entonces Hawikuh?

Dejas que el capitán te elija.
Pasa a la página 72.

Avanzas seis meses.
Pasa a la página 113.

HAN pasado varios días. Cabalgas en el poney que te dieron en Tenochtitlán; casi te sientes cómodo en él. Castañeda, el cronista, cabalga a tu lado.

–¿Qué crees tú, amigo mío? –te grita–. Hemos visto seis ciudades, todas ellas más pequeñas que la primera, y en ninguna de ellas había oro. Si he de ser sincero, sospecho que estos pueblos se parecen tanto a las fabulosas Siete Ciudades como los que encontraremos en lo sucesivo. Pero, ¡quién sabe! Las ciudades de oro pueden estar detrás de la próxima meseta. Sería muy triste que las pasáramos por alto después de haber llegado tan lejos.

Delante de vosotros, el capitán y sus hombres se han detenido en seco y se despliegan, formando una línea a través del desierto. Tú y Castañeda espoleáis vuestras monturas y vais a reuniros con los demás.

Al acercaros, descubrís que habéis llegado al borde de un imponente cañón formado por capas superpuestas de brillantes rocas coloradas.

Te apeas del poney y caminas hasta el borde. Allá en lo hondo, ves un río que parece una cinta de

acero. La pared opuesta del cañón está tan lejos que necesitaréis un avión para pasar a ella.

–¡Dios mío, qué hermosura! –exclama Castañeda.

Ahora te das cuenta de que estás entre los primeros europeos que vieron el Gran Cañón. Todos están tan asombrados como tú.

Es decir, todos menos el capitán.

–¡Maldita sea! –grita–. Tendremos que volver atrás. ¡Montad!

Durante un momento, todos siguen contemplando el milagroso espectáculo.

–¿Os habéis vuelto sordos y mudos? –grita el capitán.

Mientras volvéis a vuestros caballos. Castañeda te dice:

–A veces temo que hemos desdeñado el verdadero oro de este país: ¡la belleza de la tierra y de su gente!

Tal vez Castañeda tiene razón. Pero tú tienes que terminar tu misión. Debes descubrir si estos pueblos son realmente las Siete Ciudades de Oro.

Para ver lo que decide Coronado, tendrás que volver a Hawikuh, dentro de varias semanas. Tal vez puedas también reunirte con los zuñis.

Pasa a la página 113.

TE encuentras en la desierta llanura que hay delante de Hawikuh. El viento lleva de acá para allá las matas secas. Hoy, la cruza una carretera de curvas, que está sin asfaltar.

En la colina donde debería estar Hawikuh no hay ninguna ciudad, sino solamente unas cuantas ruinas. ¿Es esto todo lo que queda de Hawikuh? ¿Dónde ha ido la tribu zuñi?

Descubres una furgoneta azul detenida al borde de la carretera. ¡Has saltado al siglo veinte! Una mujer que lleva un bloc de apuntes camina hacia el coche.

—¡Eh, tú! —grita la mujer. Tiene una voz agradable y acento inglés—. ¿Qué estás haciendo aquí, en mitad del desierto?

—Explorando —dices.

—Explorando, ¿eh? Se diría que te has perdido. Yo vuelvo a la ciudad de Zuñi. Si quieres, te llevo.

La ciudad de Zuñi. Podría ser una de las otras ciudades-pueblos.

—Desde luego —dices—. Muchas gracias. —Subes a la furgoneta—. Así que es esto todo lo que queda de la ciudad de Hawikuh —dices.

—Sí —responde la mujer—. Es triste. Dicen que era muy hermosa. ¿Te interesa mi gente, los zuñis?

—¿*Su* gente?

No puedes disimular tu sorpresa.

—No prestes atención a mi acento —dice la mujer—. Es consecuencia de haber estudiado en Inglaterra. Soy zuñi de pura cepa. He vuelto a casa para escribir un libro acerca de mi pueblo.

Te preguntas si esta historiadora moderna puede contestar preguntas a las que no pudo responder el historiador antiguo, Castañeda.

El automóvil rueda por el mismo camino que siguió Coronado hace siglos.

—¿Ha oído hablar de las Siete Ciudades de Oro?

—Claro que sí —dijo ella—. ¿Quién no ha oído hablar de ellas?

—¿Fueron encontradas? —preguntas ansiosamente.

—Lo fueron y no lo fueron. Coronado, después de encontrar los pueblos zuñi en 1540, siguó buscando las ciudades de oro. Pero ni él ni nadie las encontraron. Mientras tanto, la gente empezó a hablar de estos pueblos como de las Siete Ciudades. Los llamados Cíbola, nombre con que los españoles designaron las Siete Ciudades.

Pronto llegáis a un pequeño pero animado pueblo.

—Bueno, ya estamos en Zuñi —dice la mujer—. Los navajos y el gobierno americano han tratado de quitarnos nuestra tierra, pero todavía conservamos este pueblo como nuestro.

Miras a tu alrededor y ves una población moderna, muy parecida a las otras. No hay rastro de los antiguos pueblos. Si no fuese por el desierto circundante, dirías que estás en cualquier lugar de los Estados Unidos. Pero esta población tiene algo de especial, pues en ella sobreviven todavía los zuñis.

Os detenéis a la entrada de una bonita casa estilo rancho.

112

−¿Quieres entrar y tomar una taza de té? −te pregunta ella.

Esto te atrae, pero tienes que terminar tu misión y casi lo has conseguido. Ahora sabes que *no hubo* Siete Ciudades de Oro, que Hawikuh y los otros pueblos fueron lo más parecido a ellas y que Hawikuh debía de ser la capital de aquellos pueblos. Tú estuviste allí, pero no te llevaste ninguna prueba de tu visita.

−Muchas gracias, pero no puedo aceptársela −dices a la mujer.

−Tal vez otro día. −La mujer abre su bloc. En la primera página hay un dibujo de Hawikuh en ruinas, tal como aparece en la actualidad−. ¿Sabes lo que me gustaría? −pregunta tristemente−. Me gustaría haber podido verlo en todo su esplendor.

Tú quisieras poder contarle cómo era en realidad.

−Adiós −dice la dama, y desaparece en el interior de su casa.

Ahora que nadie te observa, retrocedes a los tiempos en que Hawikuh era una ciudad llena de vida.

Pasa a la página 116.

Es el mes de diciembre de 1540, y tú estás en pie en un tejado, en medio de Hawikuh. Allá abajo, soldados españoles recogen rápidamente sus cosas y las llevan a sus caballos. El viento es tan frío que parece calarte hasta los huesos.

Debajo de donde estás tú, ves salir de una de las casas un hombre con armadura.

—¡Daos prisa, hombres! —grita.

Reconoces a Coronado, ahora completamente curado de sus heridas.

¡Así que Coronado se marcha de Hawikuh! ¿Por qué? ¿Ha renunciado a encontrar oro aquí? ¿Significa esto que las Siete Ciudades están en otra parte?

El capitán Márquez, que se ha reunido con Coronado, te ve.

—¡Mirad! —exclama—. ¡Allí está el joven pícaro que desapareció de la expedición! ¡Yo te enseñaré a fugarte!

El capitán sube la escalera en tu busca.

Tú escapas lo más de prisa que puedes, saltando de un tejado a otro. Pero él no se queda atrás.

Subes rápidamente una escalera y te encaramas al tejado de una casa.

El capitán se va acercando. ¡Aquí! Has llegado a la casa de Quatsia. Cruzas la puerta y te ocultas en la oscura habitación. El capitán se detiene, echa una rápida mirada al interior y sigue adelante.

¡Huy! De momento, te has librado de él. Pero, ¿qué harás ahora? Debes averiguar adónde se dirige Coronado.

—¡Así que eres tú, mi joven amigo! —dice alguien. Miras hacia el interior de la otra habitación contigua y ves a Castañeda, el historiador, que está escribiendo a la luz de una vela—. Pensaba que te había devorado algún león de las montañas.

Tratas de inventar una excusa.

—Os diré la verdad —explicas al fin—. Estoy buscando las Siete Ciudades por mi cuenta. Cuando encuentro una pista, la sigo.

—Y cuando no la encuentras, confías en Coronado —dice sonriendo Castañeda—. Podrías verte en apuros, ¿sabes? ¡El capitán Coronado exige lealtad!

—Si descubriese algo y lo dijese a Coronado, él me perdonaría —dices tú—. Pero hasta ahora, no he encontrado nada.

—Tampoco nosotros —dice él—. El capitán está muy afligido. Pero todavía está seguro de que hay oro en alguna parte, más al este, tal vez detrás del monte más cercano. Y yo, como fiel historiador, debo seguirle. Aunque preferiría quedarme aquí una temporada.

De pronto oyes al capitán Márquez resollando delante de la puerta. Te escondes. Castañeda sale a saludarle.

—¿Ha pasado alguien por aquí en los últimos minutos? —pregunta el capitán.

–Ni un alma –responde Castañeda.

El capitán sale corriendo y tú lanzas una vez más un suspiro de alivio y le agradeces que no te haya descubierto.

–¿Te vienes con nosotros? –pregunta Castañeda.

–Necesito pensarlo –le dices, poco convencido.

–Piensa todo lo que quieras, pero no olvides que se aproxima el invierno. Puede que no sobrevivas si te quedas solo.

–Ya me apañaré –dices.

Castañeda te tiende la mano deseándote suerte, y se va.

Piensas de prisa. Todavía quisieras hablar con el abuelo de Quatsia, pero tienes miedo de que los zuñis te consideren ahora un enemigo. ¿Avanzarás varios meses en el tiempo para ver si Coronado encuentra las Siete Ciudades? ¿O saltarás a la época actual y tratarás de descubrir algo más sobre Hawikuh y los otros pueblos?

 **Sigues a Coronado.
Pasa a la página 117.**

 **Saltas a la actualidad.
Pasa a la página 110.**

Es el 31 de diciembre de 1540, varias semanas después de que los españoles saliesen de Hawikuh para continuar su expedición. La ciudad zuñi está delante de ti cubierta de una ligera capa de nieve. Buscas un refugio y cruzas fuertemente los brazos sobre tu pecho para no temblar de frío.

Los indios zuñi han regresado a su ciudad y tratan de que ésta vuelva a ser lo que era antes de la llegada de los exploradores.

Quieres asegurarte de que Hawikuh es la capital de las Siete Ciudades; necesitas pruebas que acrediten tu visita al pueblo zuñi. Pero es posible que los zuñis te consideren el traidor que trajo a los exploradores españoles, y te reciban mal.

Ves un indio que corre hacia ti blandiendo una lanza sobre su cabeza.

—¡Detente! —te grita—. ¡Detente, extranjero!

Tienes que decidir. ¿Te esconderás detrás de las rocas y retrocederás en el tiempo, o tratarás de convencer al zuñi de que eres su amigo?

**Retrocedes en el tiempo.
Pasa a la página 89.**

Te quedas. Pasa a la página 120.

Estamos en el otoño de 1541. Te hallas de pie en medio de una vasta e interminable llanura. El herbazal, que te llega a las rodillas, se extiende hasta donde alcanza tu vista. Es una tierra llana como la de Kansas. Debe de ser el Medio Oeste.

A lo lejos se oyen débiles relinchos de caballos y gritos de hombres. Decides avanzar entre las espesas hierbas en dirección a aquel ruido.

Por último, llegas a un lugar donde el suelo desciende hacia el lecho de un riachuelo. Echado de bruces, serpenteas hasta llegar al borde del campamento de los exploradores.

Oculto entre la hierba, descubres un triste espectáculo: soldados que hace unos meses estaban animosos y rebosantes de salud, ahora se muestran flacos como espantapájaros. Son menos de los que tú recuerdas; sin duda han muerto algunos. Estos hombres parecen enfermos y agotados.

Descubres a Coronado, que habla con sus oficiales. Te arrastras sobre el pecho para acercarte más.

—¡No hay oro! —dice Coronado—. ¡Hemos hecho un largo camino y no hemos encontrado nada! Mis hombres no pueden aguantar más y yo tampoco. Cuando hayamos plantado aquí una cruz y reclamado esta tierra olvidada de Dios para España, regresaremos a Tenochtitlán.

—Una buena decisión —murmuran los hombres—. Os damos las gracias.

Un esqueleto, más que un hombre, habla con voz débil. Es tu viejo amigo Castañeda, el historiador.

—Es verdad que no hemos encontrado las riquezas de que nos hablaban —dice a Coronado—. Sin embargo, hemos encontrado una buena tierra para colonizar.

Coronado lanza un bufido, diciendo:

—Reservad vuestras grandes ideas para los libros de historia. —Está a punto de alejarse cuando de pronto recuerda algo: —¿Dónde está el indio?

—¿Queréis decir el imbécil que nos dijo que había oro en estos campos? —pregunta el demacrado capitán Márquez.

—¡Sí! Traedle a mi presencia.

Al cabo de un momento, dos guardias traen a un indio alto, de nariz grande y aguileña, y frente ancha. Aunque tiene las manos atadas a la espalda, su expresión es tontamente amable.

—Bueno, esclavo —dice Coronado—. Tú nos trajiste aquí. Nos dijiste que había ciudades de oro, con enormes riquezas. Mentiste. ¿Por qué?

El indio piensa un momento y sonríe.

—Os diré la verdad, señor —responde—. Estaba perdido en una tierra extraña. Necesitaba volver junto a mi pueblo. De pequeño, siempre había oído hablar de siete ciudades de oro, aunque nunca las había visto.

—Por consiguiente, mentiste por razones egoístas —dice Coronado, con el rostro rojo de ira—. ¡Matadle!

–¡Sí, señor! –responde el capitán Márquez.

Observas horrorizado cómo va el capitán en busca de una espada. ¿Se dispone realmente a matar al indio indefenso?

Otros agarran al hombre y le obligan a tumbarse en el suelo.

–¡No! –grita el cautivo–. ¡No tuve mala intención!

El capitán Márquez levanta su espada en el aire. El indio grita.

Tú, sin vacilar, exclamas:

–¡No! ¡No más muertes!

Pero has llegado tarde. La espada del capitán ha caído. El indio está muerto.

–¿Quién es ese? –grita Coronado–. ¿Qué cobarde ha tratado de salvar la vida al traidor?

El capitán se vuelve y te ve.

–¡Tú! –chilla.

Te levantas de un salto y echas a correr. Pero tropiezas.

Oyes ruido de espadas cortando la hierba. Los hombres están a pocos pasos de distancia. Dentro de un instante, ¡te encontrarán!

¡No tienes un segundo que perder! ¡Salta!

Pasa a la página 89.

LEVANTAS las manos.

—¡Paz! —gritas—. ¡Soy amigo de los zuñis!

El indio corre todavía más de prisa hacia ti. Pero ha bajado la lanza. Es el hermano de Quatsia.

—¡Wikvaya! —exclamas—. ¡Hola!

—¡Así que eres tú! —dice Wikvaya. Retrocede unos pasos y te contempla—. Tu gente se ha ido —dice—. ¿Por qué te has quedado?

—Aquélla no era mi gente —le dices—. Me avergüenzo de lo que han hecho aquí. ¿Está Quatsia bien? ¿Y tu madre?

Wikvaya asiente lentamente con la cabeza y, de pronto, te abraza.

—Iré a buscar unas cuantas mantas de abrigo para ti. Después, antes de que se ponga el sol, iremos a una meseta cercana. Ya es hora de que conozcas a mi abuelo.

Regresa con dos gruesas mantas, que tú aceptas agradecido.

Cuando te has calentado un poco, preguntas:

–¿Consiguió tu gente terminar la ceremonia de solsticio el verano pasado?

–Gracias a los dioses, sí. Los españoles invadieron Hawikuh, pero no encontraron el lago sagrado y no pudieron interrumpir nuestras plegarias. En otoño vinieron las lluvias, y, aunque los españoles consumieron todos nuestros alimentos, los zuñis de otros pueblos cuidaron de nosotros.

–Así, los zuñis sobreviviréis –le dices.

Wikvaya te mira asombrado.

–Claro que sobreviviremos. El día en que muera el pueblo zuñi, el mundo habrá terminado.

–Creo que tienes razón –dices, pensando en los descendientes de los zuñis, que todavía viven juntos en aquella población moderna del desierto.

Wikvaya te conduce a través de la llanura hasta el pie de una meseta gigantesca. Al principio, parece imposible subir a ella, pero Wikvaya te muestra entre las rocas un estrecho sendero que serpentea lentamente por uno de los lados de la meseta, a la que llegas en seguida. Miras hacia abajo. La llanura se extiende ante ti, dorada a la luz del sol del atardecer.

En el centro de la meseta, unos cuantos indios están sentados rezando alrededor de una fogata. Una joven zuñi corre hacia ti. Es Quatsia.

–Hola, extranjero. ¡Sé bienvenido!

Wikvaya y ella te conducen a un lugar apartado donde un indio solitario está sentado junto a su propia fogata. Es un viejo arrugado, envuelto en mantas y tocado con unas plumas muy hermosas. Un servidor le trae un plato de comida, le hace una reverencia y se aleja. Wikvaya se acerca al viejo y le murmura algo al oído. El viejo asiente con la cabeza, y Wikvaya te hace seña de que te sientes en el suelo junto a él.

—Abuelo —dice—, éste es el viajero del que te hablamos.

Te sientas en cuclillas. El viejo te mira con curiosidad.

—Extranjero —dice—, soy un viejo sacerdote de las sociedades de hechiceros. He vivido muchos años y he aprendido a no confiar en personas de tierras lejanas. Pero mi nieto y mi nieta han hablado bien de ti, y otra persona me dijo que te buscase; un extranjero que conocí en mis viajes y al que llegué a querer; un hombre de piel negra, un hombre que comprendía lo que hay de sagrado en la vida.

—¡Esteban! —exclamas.

El viejo asiente con la cabeza.

—Esteban. Me dijo que buscase un joven cuyo corazón estaba todavía limpio. Ahora que has venido, contestaré a tus preguntas.

Le preguntas lo primero que se te ocurre:

—¿Qué fue de Esteban? ¿Está muerto?

—No sabría decírtelo. Tal vez algunos indios envidiaron su poder y le mataron. Pero también es posible que se cansara de vivir como esclavo de un blanco sediento de oro y que enviase un mensajero para decir que había muerto. Esteban puede haber encontrado una hermosa joven india y haber fundado con ella una familia. Una cosa es cierta. A tres pueblos de aquí, hay un indio muy bello; el color de su piel es mezcla del nuestro y el de Esteban.

Entonces, ¡Esteban puede estar vivo! Deseas que sea verdad.

—Otra pregunta, señor —prosigues—. ¿Son los pueblos zuñis las verdaderas Siete Ciudades de Oro? ¿Es Hawikuh su capital?

El viejo respira hondo.

–Ese oro de que hablas, ¿es precioso para tu gente? –Tú asientes al instante–. Bueno, para mí y los míos, nuestros pueblos son los lugares más preciosos del universo. Los fantasmas de nuestros antepasados están aquí, como lo está la simiente de nuestras futuras generaciones. El hombre blanco ha venido y ha traído consigo la destrucción, pero no puede dañar al pueblo zuñi. Este es el centro de nuestro mundo. Ninguna cantidad de oro puede cambiar esto, ni obligarnos a renunciar a nuestra patria.

El viejo mira por encima de la fogata, hacia el sol poniente.

–No hay ciudades más doradas que Hawikuh y los pueblos –dice–. Ningún lugar del mundo podría ser más precioso.

Miras junto a la fogata y ves un muñeco kachina que representa un niño negro.

–Es Esteban –dice el viejo sacerdote–, un kachina que representa su bondad y su vigor.

Recordando que tienes que llevar pruebas de tu visita, te armas de valor y haces al anciano una última pregunta:

–¿Puedo llevarme el muñeco? ¿Puedo llevarme ese kachina?

–Es un muñeco muy valioso –dice el anciano–. Está lleno del espíritu pacífico de Esteban. –Reflexiona un momento. Después suspira, toma el muñeco y, sonriendo, te lo ofrece.

–Tómalo –dice el viejo sacerdote–. Es tuyo. Los zuñis creemos que sólo existe una vida. Te doy el kachina, a ti, viajero de reinos lejanos, como prueba de tu visita. Vete, ahora, con mis bendiciones y con las palabras de Esteban.

Tomas el kachina y te despides del santo varón. Después abrazas a tus amigos Quatsia y Wikvaya. Te alejas despacio de la fogata del campamento. Mientras desciendes de la meseta, el sol se oculta detrás del horizonte.

Has cumplido tu misión. Has averiguado la verdad sobre las Siete Ciudades y has traído una prueba de tu visita. ¡Enhorabuena!

MISIÓN CUMPLIDA

LISTA DE DATOS

Página 5: Sólo cuatro hombres volvieron vivos de la expedición de Narváez.

Página 8: ¿Viven algunos grandes reptiles en los pantanos de Florida?

Página 19: Ponce de León buscaba la Fuente de Juventud.

Página 23: ¿A quién es probable que encuentres en el norte por estas fechas?

Página 40: ¿Cómo era realmente la ciudad más grande del Nuevo Mundo?

Página 49: En la década de 1840, los Estados Unidos estaban en guerra con México.

Página 71: Tu viaje ha sido terriblemente largo.

Página 95: ¿Recuerdas qué le ocurrió aquí a Esteban?

Página 106: ¿Crees que el capitán es un jefe digno de confianza?

Página 115: Cuando Coronado regresó a Tenochtitlán, fue arrestado por negligencia y por trato inhumano a los indígenas.

Página 116: El zuñi puede ser alguien a quien tú conoces.